冬の狩人(下)

大 沢 在 昌

冬の狩人　（下）

主要登場人物一覧

佐江	警視庁新宿署組織犯罪対策課警部補。現在は休職
川村芳樹	H 県警刑事部捜査一課巡査
阿部佳奈	冬湖楼事件の重要参考人
仲田	H 県警刑事部捜査一課長
高野	H 県警刑事部長。一年前に警察庁から異動
森	H 県警刑事部捜査一課長補佐
石井	H 県警刑事部捜査一課。川村の二つ年上の先輩
元倉	西新宿 8 丁目のガンショップ「AIM」のオーナー
毛	3 年前の中国人連続殺人事件で捜査に協力した中国人
野瀬由紀	外務省アジア大洋州局中国課。中国人連続殺人事件で捜査に協力
用宗佐多子	「モチムネ」会長。創業者の未亡人
用宗源三	「モチムネ」社長。佐多子の息子
用宗悟志	「モチムネ」東京支社長。源三の息子
河本孝	川村の高校時代の同級生。「モチムネ」勤務
高文盛	電子部品メーカー「大連光電有限公司」CEO
米田	指定広域暴力団「東砂会」の二次団体「砂神組」の幹部

26

ジャンパーを着た男が、自分と同じように女をめざしていることに佐江《さえ》は気づいていた。会場内をひっそりと、早足で移動している。女との距離は、ジャンパーの男のほうが近い上に、人ごみもこちらのほうが多い。

女に警告すべきかどうか迷った。が、ジャンパーの男が刺客なのか判断できない。この状況で大声をだしたら、出頭の受け入れすらできなくなる可能性があった。けんめいに人ごみをかき分け近づいた。あと五メートルというところで、ジャンパーの男が女の背後に立つのが見えた。

男の手がジャンパーの中にさしこまれたとき、叫び声がした。川村《かわむら》のいる方角だ。女もそちらを見た。

男の右手がジャンパーの内側からナイフを抜きだすのが見えた。佐江は体当たりした。不意をつかれ、男はかたわらのテーブルに倒れこんだ。大きな音とともに食器や料理があたりにぶちまけられた。男の周囲にフォークなどが散乱する。

佐江は女の手をつかんだ。

「いくぞ」

小声でいって、その場を急ぎ足で離れた。人々の目は倒れこんだジャンパーの男に注がれている。駆けよった視察団のメンバーに助け起こされ、男は立ちあがった。右手のナイフは消えていた。

男がこちらをにらみつけ、佐江も後退《あとじさ》りしながらにらみかえした。が、すぐに人々に囲まれた男の姿は見えなくなった。甲高い中国語のやりとりだけが聞こえてくる。

佐江は会場の出口に向かった。川村が近くにいる筈《はず》だが、どこにいるのかはわからない。立ち止まって捜すわけにはいかなかった。このパーティ会場にいる刺客が、ジャンパーの男ひとりとは限らない。

階段にでると、佐江は女の手を離した。早足で受付に向かう。パーティ会場から降りてきた二人を受付係は不思議そうに見たが、何も声をかけてはこなかった。

エレベータのボタンを押し、佐江は会場をふりかえった。あとを追ってくる者はいない。川村もでてこない。騒ぎで、佐江と女の姿を見失ったのかもしれなかった。

エレベータの扉が開いた。無人の箱に乗りこみ、佐江は「1」を押した。

エレベータが下降を開始し、佐江は息を吐いた。

「何だったんですか？」

女が口を開いた。

「あの男か？　あんたのうしろに立ってナイフを抜きだすのが見えた。もしかするとナイフじゃなかったかもしれないが、俺の目にはナイフに見えた」

エレベータの壁に背中を預け、佐江は答えた。女は無言で目をみひらいた。

一階に到着し、最初の受付でピンバッジの返却を求められた。ピンバッジを返す。女がスーツの襟につけていたのは、白のピンバッジだった。

モチムネの本社ビルをでたところで、佐江の携帯が振動した。ホテルに向かって早足で歩きながら、佐江は耳にあてた。川村だ。

「今どちらです?!」

「本社をでたところだ。あの男を見たか？」

「ジャンパーの男ですよね。何もなかったように会場に残っています」

「よし。お前は奴《やつ》を見張れ。誰と接触するか監視するんだ」

「了解しました。佐江さんは？」

「とりあえず重参の安全を確保する」

「県警本部に向かわれるのですか」

佐江は息を吸いこんだ。

「まだいかない。だから重参と俺が接触したことは、誰にもいうな」

「えっ、でも――」

「必ず出頭させる。俺を信用しろ！」

川村は黙った。やがて、

「わかりました。佐江さんを信じます」

とだけ答えた。佐江は電話を切った。

「大丈夫なんですか？」

歩きながら女が訊《たず》ねた。並んで歩くと、女は意外に長身だった。「展覧会の絵」では立って並ぶことがなかったので気づかなかったが、百六十五センチはあるだろう。

「何がだ？」

「いろいろです」

佐江は立ち止まった。泊まっているホテルは目と鼻の先だ。地下駐車場には覆面パトカーがある。とりあえず覆面パトカーに女を乗せ、この場を離れようと考えていた。

「今さら心配するくらいなら、なぜ俺を指名した？　あんたと俺は、何のゆかりもない筈だ」

正面から見る女の顔は整っていた。人目を惹くほどの美人というわけではないが、目鼻のバランスがいい。化粧によっては、かなり目立つ雰囲気にもなるだろう。実際、新宿ではホステスに化けていた。

「ゆかりはあります」

女は佐江の視線をうけとめ、答えた。目に勝ち気な光が宿っている。

「野瀬由紀《のせゆき》か」

佐江がいうと、女は小さく頷《うなず》いた。

「だが野瀬は、阿部佳奈《あべかな》という名前に心当たりはないといった」

「野瀬さんがご存じのわたしは、別の名前です」

「そうだろうな」

佐江はいって、再び歩きだした。

ビジネスホテルの地下駐車場につながった外階段を二人は降りた。駐車場に入るといったん足を止め、佐江はあたりの気配をうかがった。

駐車場はほぼ満車だったが、人の気配はない。ここに車を止めた人間の大半が、モチムネ本社ビルのパーティに出席しているのだろう。

止めておいた覆面パトカーに二人は乗りこんだ。地上にでると、本郷市《ほんごうし》の外れに向け佐江は車を走らせた。

「どこにいくんです？」

女が訊ねた。緊張している声ではなかった。

ただの興味から訊《き》いているようだ。

「それが問題だ」

佐江はいった。

「いずれは県警本部にあんたを届ける。そこであんたとは離れることになるだろう」

「わたしは逮捕されるのですか？」

「あんたしだいだろうな。ほしがあんたじゃないと証明できれば、逮捕はされない」

「わたしは犯人ではありません」

「じゃあ誰が犯人なんだ？」

女は黙った。

「答えられなければ、犯人じゃないとは証明できないぞ」

「わたしは犯人を見ました。ヘルメットをかぶっていましたが」

「それだけの理由で三年間、逃げ回ってきたのか？」

「ちがいます」

「じゃあわけを話してもらおう」

女は間をおき、口を開いた。

「あの日、冬湖楼《とうころう》では、モチムネの株式譲渡に関する話し合いがおこなわれることになっていました」

「株を売ろうとしていたのか？」

被害者のうち、副社長の大西と会長の娘婿である新井は、モチムネの株主だったと聞いている。

「はい。でも売るのは、あの時点ではありませんでした」

「じゃ、いつの時点なんだ？」

「会長である用宗佐多子《もちむねさたこ》氏が亡くなったときです。佐多子氏の所有する株式は、他の株主に配分される予定になっています。その配分ののち、大西副社長と新井兼田《かねだ》建設社長のもち株を買いとる密約が交わされる筈でした」

「誰が買いとるんだ？」

「高文盛《こうぶんせい》です」

「高文盛？」

どこかで聞いた名だと思い、気づいた。流暢《りゅうちょう》な日本語で挨拶をした、視察団の団長だ。

「あの団長か」

「そうです」

気づくと、覆面パトカーは冬湖楼へと向かう坂の入口にさしかかっていた。ここを登り始めたら、途中では引き返せない。が、他にいくあてもなかった。

「何が目的なんだ？」

「モチムネの乗っ取りです」

いって、女はつづけた。

「当時、大西副社長のもち株は十二パーセント、新井社長のもち株は五パーセントでしたが、会長の死去後は、それぞれ十七パーセントと十パーセントに増える予定でした」

「あわせて二十七パーセントにしかならないぞ」

「新井社長の夫人でモチムネ社長の妹である新井冴子《さえこ》さんが現在五パーセントのところが十パーセントに増えます。それで三十七パーセントです」

「まだ過半数には達しない。残りの株は誰がもっているんだ？」

「社長の用宗源三《げんぞう》氏が二十パーセントから三十パーセントに、社長夫人が十パーセントから十五パーセントに、東京支社長が十パーセントから十八パーセントに増えます」

「社長と社長夫人、社長の息子だ。その三人が乗っ取りに応じるわけがない」

阿部佳奈は黙っている。

「応じるのか？」

佐江は訊ねた。

「東京支社長の用宗悟志《さとし》は、すでに将来株式を譲渡する誓約書にサインしています」

「悟志が？　黙っていても社長になる人間だろう？」

「はい」

「なぜだ」

「それを条件に、罪を逃れたからです」

「あんたの妹の事件をいっているのか」

「調べたのですか」

「あんたの妹は用宗悟志に飲まされたＭＤＭＡが原因で急死した。だが死亡したとき、用宗悟志はその場にいなかったので、罪に問われなかった」

「それだけではありません。妹にＭＤＭＡを飲むのを強要したのは用宗悟志です。なのに妹が中毒者だったかのように偽装したのです」

「偽装したのは久本《ひさもと》という売人だ。用宗悟志は久本の客だった」

佐江が告げると、女は佐江を見た。

「その人に会えますか？」

「無理だ。久本は二年前に交通事故で死亡している」

「事故で――」

女は初めて動揺したようすを見せた。

「久本は砂神組《すながみぐみ》の組員だった。砂神組については、あんたも知っているな」

「新宿のフォレストパークホテルにいた人たちですね」

「そうだ。なぜかはわからないが、あんたがフォレストパークホテルに現れるという情報を連中はつかんでいた」

女は黙っていた。

「もっとも、あんたも砂神組が動いているのを知っていた。だから、自分のかわりに若月《わかつき》という探偵をいかせた」

「警察を信用できないと思ったからです」

「残念だが、あんたが疑った通りの結果になったというわけだ。砂神組は、あの日フォレストパークホテルに殺し屋を送りこんでいた。もしあんたが現れたら、殺されていたろう」

「わたしの顔を、殺し屋が知っているのですか？」

「それはどうだかわからない。だが俺の顔は知っている。俺といる女を狙え、と命じられていた筈だ」

　女は息を吐いた。

「そういうことなんですね」

「あんたが指名した俺は、新宿の極道に顔を知られている。フォレストパークホテルにも俺のことを知っている砂神組の組員がいた」

「でも佐江さんがいらっしゃらなくても、その場のようすを見れば、殺し屋はわたしのことをわかったのではありませんか？」

「確かにな。あんたも若月から送られる映像を見ていたのだろう？」

　女は頷いた。

「たくさん刑事さんがいると思いました。ホテルの制服を着た人たちもどこか動きがぎこちなくて、刑事さんが化けているのだとわかりましたし」

「あんた、三年間、何をしていたんだ？」

　佐江は訊ねた。

「え？」

「大学をでて弁護士の秘書をやっただけで、そこまでの知恵はつかない。逃げ回っていた三年間、よほどのことがあったのか」

女の顔がこわばった。

「それは事件とは関係がないことです」

「どうかな。県警に出頭すれば、この三年間のことを徹底的に調べられるぞ」

「大事なのは、犯人をつかまえることです。わたしが何をしていたのかは関係ありません」

女はきっとなった。

「県警はそうは考えない。五人の人間がいた冬湖楼で、四人が撃たれ、ひとりが姿を消した。誰もが、そのひとりを犯人だと疑う。初動の捜査員もそう考えただろう。しかも姿を消しているのは、プロの殺し屋でも極道のように組織に属している犯罪者でもない、素人のOLだ。身柄をおさえるのは簡単だと油断した。それが結果、未解決のまま三年が過ぎた理由だ。あんたが県警のホームページにメールを送らなければ、捜査の進展はなかった。つまり、あんたは県警の面目を潰したんだ。この三年、どうやって捜査を逃れてきたのか、まずはそこを調べる。冬湖楼の犯人が誰かなんてことは、その次だ」

「そんな。おかしいじゃないですか。重要なのは、犯人の逮捕でしょう?」

「その前にメンツだ。警察官ていうのは、そういう生きものなんだよ」

女は目をみひらき、まじまじと佐江を見つめた。

坂の頂上に、光を放つ冬湖楼の建物が見え、佐江は車のブレーキを踏んだ。さすがに冬湖楼の敷地に入るのは、ためらわれた。パーティのせいで利用者が少ないであろう今日は、目立つおそれもある。

「もちろん、県警も犯人をつかまえる気ではいる。だが最初に連中が知りたがるのは、あんたにだし抜かれた理由だ」

佐江はカーブのふくらみを使って、車をUターンさせた。後続車も対向車もまるでこない。

「戻るんですか？」

「この先に進んだら冬湖楼だ」

佐江は答えた。女は息を呑《の》んだ。

「冬湖楼」

うしろをふりかえった。

「気がつかなかったのか」

「一度しかいったことがありませんから」

まるで魅入られたかのように、冬湖楼を見つめていた。

「あんたはいつ本郷にきたんだ？」

「佐江さんにいわれて、すぐです。あとになればなるほど、難しくなると思って」

「なぜ難しくなると思った？」

「本郷はアクセス手段が限られた土地です。車かＪＲでくる他ありません。道路と駅を監視されたら、すぐに見つかってしまいます」

「俺がいっているのは、その判断力だ。ずっと追われていたとはいえ、三年でそこまでの判断力がつくものなのか」

「必死でしたから。もし警察につかまれば犯人にされてしまうかもしれない。いえ、それ以前に殺されてしまうかもしれない、と」

「モチムネの乗っ取りが理由で、か」

女は頷いた。

坂道の途中に、細い林道の入口があるのを佐江は見つけた。登ってきたときには気づかなかった。迷わずハンドルを切り、林道に覆面パトカーを乗り入れた。百メートルと走らないうちに視界が開けた。冬湖楼からほどではないが、本郷の夜景が見おろせる。

車を止め、ライトを消した。

「犯人の目的は、乗っ取りの阻止か」

「そうだとしか思えません。上田先生は高文盛の代理人として、株式譲渡の誓約書を大西さんと新井さんに書いていただく予定でした」

「殺された三浦市長はどう関係していたんだ？」

「わかりません。まるで無関係で、たまたま上田先生に会いたくていらしていたのかもしれません。あるいは――」

いいかけ、女は黙った。

「あるいは？」

佐江はうながした。

「何かご存じだったのかもしれません。元が警察にいらした方ですから」

「用宗悟志の件をいっているのか」

「用宗悟志が東京でしたことを、警察は知っていておかしくありません」

「それは悟志が起こした事件を、県警は知っていながら、見て見ぬフリをした、といっているのと同じだぞ」

「事件は東京で起きたんです。H県警には関係ない、ということができます」

確かにそれはそうだ。女はつづけた。

「悟志が問題児だったことを、モチムネの経営陣は皆、知っていた筈です」

「悟志を脅《おど》して誓約書にサインさせた人間がいたんだな。上田弁護士か？」

「ちがいます」

「高文盛か？」

「高文盛は、そこまで用宗一族に詳しくはありません」

「じゃあ誰なんだ？」

「わかりません」

佐江は息を吸いこんだ。

「話を整理するぞ。事件当日、冬湖楼ではモチムネ乗っ取りのための、株式譲渡の合議がおこなわれていた。その場にいた大西、新井の二名が、将来の譲渡に同意し、その場にはいなかったが用宗悟志と新井の妻も同意していた。ただし譲渡がおこなわれるのは、モチムネの会長が死去し、そのもち株が分配されたのち、という条件だった」

「おっしゃる通りです。会長の死去後は今名前のあがった人すべての株をあわせると五十五パーセントになり、過半数を超えます。買いとった高文盛は、それによりモチムネの経営権を得られます」

「副社長と社長の妹、その夫が株を売る理由は何だ？」

佐江が訊ねると、女は息を吐いた。

「そこまではわたしにはわかりません。ずっとかわらない企業体質への反発なのか、会長を絶対君主だという人もいましたし」

「横暴なのか？」

「どうでしょう。でも社長も頭があがらないようです」

「高文盛は、ずっと以前からモチムネの経営権を狙っていたのか」

「はい。モチムネがもつパテントは、将来にわたって利益を生むことが確定しており、応用した製品を増やせば、さらなる利益が見込めるというのです。ですが新製品の開発を会長が許さないのだとか」

「なぜ許さない？」

「創業者である、亡くなられたご主人の遺志に反する、と。新製品を開発しなければ、いくら優れたパテントであっても、いずれはジリ貧になる。にもかかわらず、製品を増やすことを許さないのだそうです。高文盛が経営権をもてば、モチムネは大きく成長すると上田先生はおっしゃっていました」

「だがいくら成長したって、株を売ったあとじゃ儲《もう》けにならない」

「経営権を握った高文盛は、モチムネの本社を中国におき、中国の株式市場に上場させるつもりでいます。それによって得た売却益を旧株主に還元する誓約を交わす筈でした」

「そんなことができるのか」

「詳しいことはわかりませんが、高文盛は可能だと考えていました」

「じゃあ今でも乗っ取る気でいると？」

は思いますが」

「意思はかわっていないと思います。ただ上田先生が亡くなり、かわりの代理人が必要だと

「新井が死亡し、大西は昏睡中だ。それでも乗っ取りは可能なのか」

「お二人の株は、夫人に所有権があり、相続分も引き継がれます。夫人二人が売却に同意すれば、条件はかわりません」

佐江は深々と息を吸いこんだ。株の売買だの企業の経営権がどうしたといったことには、まるでうとい。だが、水面下で株を買いとり、モチムネを乗っ取るという高文盛の動きがなければ、「冬湖楼事件」は起きなかったのではないか。高文盛の代理人であった上田弁護士が死に、亡くなった新井や昏睡中の大西の妻がそのことを捜査員に話していない理由も理解できた。

それぞれの夫が株を譲渡する気であったのが会長や社長に知れれば、裏切り行為だとして報復をうける可能性がある。事件と株の譲渡が無関係ではないと感じていても、口をつぐむ他なかったろう。

事実を話せるのは、それによって立場をおびやかされることのない阿部佳奈のみだ。一方、冬湖楼に殺し屋をさし向けた人間の目的が乗っ取りの阻止であったとすれば、容疑者はおのずと絞られてくる。

モチムネの会長か社長、どちらかか、二人の共謀以外、ありえない。

「用宗悟志の弱みを握っているのは誰だ？　上田弁護士だったのじゃないのか？」

「ちがいます。高文盛は、用宗悟志の株式に関しては、すでに譲渡の誓約書を所有しているといっていて、その案件に上田先生はタッチしていませんでした」

「高文盛というのは何者なんだ？　流暢な日本語を喋《しゃべ》ったが」

「大連《だいれん》にある電子部品メーカーの社長です。主力製品は液晶ですが、それ以外も多くの製品を作っています。日本語がうまいのは、日本の大学に留学していたからだそうです。東京に七年ほどいたと聞きました」

「東京に七年」

「その時代に、日本人中国人を問わず人脈を築き、上田先生もそのひとりだったようです。上田先生と知り合ったのは、二十年近く前だそうです」

「じゃあ三浦市長とも知り合いだったのか？」

「もしかするとそうかもしれません」

佐江は息を吐いた。

高文盛による乗っ取り工作の事実が伝われば、捜査は見直しを迫られる。

応じるかどうかは別として、高文盛も捜査対象になるし、モチムネの会長、社長は、それを逃れられない。両名が乗っ取り工作の動きを知っていながら捜査員に告げなかったのだとすれば、それこそ犯人である証拠だ。

「冬湖楼で皆を撃ったのは何者だと思う？」

佐江は訊ねた。

「わかりません。わかりませんが、そういうことを仕事にしている者だと思います」

女は答えた。

「じゃあ誰がそいつをさし向けたとあんたは思う？」

「ふつうに考えれば、乗っ取りを止めたい人たちです」

「ふつうに考えれば？」

佐江は訊き返した。

「はい」

「どういう意味だ？　会長や社長が殺し屋をさし向けたのじゃない、というのか？」

女は息を吐いた。

「わたしが今日、どうしてパーティ会場に入れたのだと思います？」

いわれて佐江は気づいた。女は白のピンバッジをつけていた。日本の招待者に配られるものだ。

「誰かがあんたに招待状を用意した」

「その通りです」

「誰が用意したんだ？」

「会長です」

「会長が？」

「はい。県警のホームページにメールを送るより前に、わたしは会長あてに手紙を書いたんです」

「なぜだ」

「会長が犯人なのかどうか、手紙を送ればわかる、と思ったんです。もし犯人でなければ、わたしから手紙がきたことを警察に知らせる筈です」

「どんな手紙を書いたんだ？」

「わたしは犯人ではありません。ですがなぜあんな事件が起きたのかを知っています」

「それで？」

「上田先生が借りていた私書箱がありました。その鍵をもっていたので、住所をそこにしたら、会長から返事がきたんです。その理由を教えてほしい。できれば誰にも知られず、会って話したい、と」

「あんたの口を塞《ふさ》ぐためにだって、そういう手紙を書いたろう」

女が身動きした。ハンドバッグを探る気配があり、白い封筒が佐江の目の前にさしだされた。

「読んで下さい」

佐江はルームランプをつけ、封筒から便せんをひきだした。達筆な楷書でつづられた手紙だった。事件にひどく心を痛めているし、モチムネの未来に不安を感じている。身内が殺されたことはつらいが、それよりモチムネという会社に傷がつくことを自分は恐れている。冬湖楼にいた人々が何をしていたのか、薄々、自分は気づいている。だがそれが時代の趨勢《すうせい》だというのなら、受け入れざるをえないだろう。ただ、人を殺すなどという恐ろしい行為を、モチムネの誰かが企てたとは決して思いたくない。もしあなたがそれを疑っているのなら、警察に訴える前に、どうかその理由を知らせてほしい。あなたに決して害を加える気はないし、警察に密告もしない。

自分はモチムネの最高経営責任者として、事件の責任をとりたいだけだ、と結ばれていた。

署名は、用宗佐多子。

確かに誠意のこもった文面だ。それを信じる限り、用宗佐多子が犯人だとは思えない。

「パーティの招待状も同封されていました」

女はいった。

「これを読んで、あんたはどう思った？」

「恐れている、と感じました。事件の犯人がモチムネの関係者で、自分の知らないところで裏切りや殺人の計画が進められていたのかもしれないと、会長は恐れているのだと思います」

「つまり、犯人ではない？」

女は頷いた。

「会長が一番恐れているのは、息子である社長が人殺しを企て、孫の東京支社長が裏切り者だという事態です」

「実際、そうかもしれない」

「ええ。そうだったら、あの会長なら二人を殺し自殺するかもしれません」

「高齢の女性にそれは無理だろう」

佐江は首をふった。

「ピストルがあればできます」

「ピストル？　そんなものをどうやって手に入れる」

訊いてから佐江は思いだした。死んだ久本に会長の用宗佐多子は毎月金を渡していた。

孫の一件に対する口止め料を、秘書か運転手に届けさせていたと新田《にった》はいっていた。その関係を使えば、拳銃を入手するのは不可能ではない。

だが。

「ずいぶん冷静だな」

「誰が？　会長が、ですか？」

「いや、あんただ。冬湖楼に殺し屋をさし向けたのは、会長か社長のどちらか、あるいは二人の共謀だった可能性が高い。にもかかわらず、あんたはこの手紙から会長の恐れを感じとったという。一歩まちがえば自分も殺されていたかもしれないのに、だ」

女は黙っていた。

「野瀬由紀は、何という名であんたを知っているんだ？」

「それを今、答えなければいけませんか？」

「あんたが俺をこの事件に巻きこんだ。俺には知る権利がある」

「おっしゃる通りですが、まだわたしの安全が確保されたわけではありません」

その言葉の裏にある意味に佐江は気づいた。

女と野瀬由紀の関係を知るまで、佐江は女の命を守りつづけざるをえない、といいたいのだ。

佐江は苦笑いした。

「たいしたタマだな、あんた」

手紙を女に返し、ルームランプを消す。車内は再び闇に沈んだ。

「で、これからどうするのです？」

佐江は携帯をとりだした。

「そいつを相棒と相談する」

27

携帯が振動したのは、用宗佐多子による閉会の挨拶が終わり、会場が拍手に包まれている最中だった。

川村はジャンパーの男から数メートル離れた位置に立っていた。

ジャンパーの男が佐江につきとばされ、テーブルに倒れこんだときは、あたりの注目が集まった。が、周囲の中国人に助け起こされたあと、男は何ごともなかったようにふるまった。倒れたとき、手にしていたように見えたナイフも消え、会場をでていく佐江と女を追おうともしない。男が酔って転んだと理解したのか、見て見ぬフリをする者が多かった。

その後男は助け起こした人々を離れ、会場の隅にひっそりとたたずんでいた。

拍手が鳴りひびく中、川村はその場を離れ、会場の出入口に近づいた。ジャンパーの男のあとを追うには、この位置のほうがいい。

電話は佐江からだった。

「川村です」

「会場か、まだ」

「今、お開きの挨拶が終わったところです」

「奴は？」

「います。何もなかったようにふるまってます」

「誰かと話したか」

「倒れたときに助け起こした者とは話したかもしれませんが、それ以外の人間とは誰とも話していません」

「確かか」

「まちがいありません。刑事部長に挨拶もしないで見張っていたんですから。このあと尾行するつもりです。佐江さんは今どこです？」

「山の中だ」

「山の中？」

「明朝、重参を連れて県警本部にいく。それまでは伏せておいてくれ」

「課長にもまだいうなということですか」

「そうだ」

川村は息を吸いこんだ。重参と佐江が行動を共にしているのを隠していたとバレたら、どんな責めを負わされるかわからない。

「それは――」

「わかっている。重参は深夜、お前といないときの俺に接触してきたということにする」

「しかし――」

いいかけたとき、ジャンパーの男がパーティ会場をよこぎり、出入口に向かってくるのが見えた。視察団はきたときのように整列していたが、それには加わらない。

「奴が動きます。あとでまた」

いって川村は携帯を切った。ジャンパーの男が目の前を通り、階段を降りていく。川村はあとを追った。同時に、出口に向かう日本人招待客も多く、男の背中も川村もその人波に呑みこまれた。

別々のエレベータに乗るわけにはいかない。

通路にでると川村は足を早めた。気づかれる危険はあるが、ぴたりと男の背後についた。

エレベータホールはすでに行列ができていたが、目論見どおり、川村は男と同じエレベータに乗ることができた。

近くで見ると男は四十代の初めくらいだった。背は高くないが、筋肉質な体つきをして、日に焼けている。

目が細く、それ以外はどことといって特徴のない顔だ。日本人だといっても通るだろうが装着するピンバッジは金だった。

エレベータは一階までノンストップで下降した。扉が開くと、男はまっすぐビルの出口に向かった。川村は早足で男のあとを追い、ビルの外にでると歩く速度を落とした。

ビルの玄関ロータリーは車で溢《あふ》れている。地下駐車場で待っていた運転手がパーティ帰りの主を乗せようと、続々とあがってくるのだ。地下駐車場の出口とビルの玄関前には渋滞ができていた。

ジャンパーの男はそのかたわらをわき目もふらずに歩いていた。向かっているのはＪＲの駅の方角だ。

駅に歩いて向かう人の姿も多い。ＪＲで帰途につく招待客もかなりいるようだ。

ＪＲの本郷駅は二階だての構造で、線路は二階部分を通っている。駅に入った人の大半はエスカレータや階段で二階にあがっていく。一階は切符売り場や売店、駅の反対側へと抜ける通路がある。男は二階にはあがらず、駅の反対側とつながった通路を進んでいた。人の数が一気に減った。

モチムネの本社ビルがたつ側と異なり、駅の反対側は川村の高校時代からほとんどかわっていない。店舗も少ないさびれた区画だ。

駅舎をでると小さなロータリーがあり、そこから一本道がのびている。

川村はさらに歩く速度を落とした。男と自分以外、駅のこちら側にくる者はいなかった。これでは尾行に気づかれてしまう。

十メートルほど先をいく男が立ち止まった。

駅の二階部分とつながった外階段の下だった。携帯を耳にあてている。

やむなく川村は足を進めた。同じように立ち止まれば、尾行者だとバレる危険があった。

男が誰とどんな会話を交わしているのか、ほんのひと言でもいいから聞きたくもある。日本語なのか中国語なのか。

こちらに背中を向けている男のかたわらを歩き過ぎた。相手の声に耳を傾けているのか、男の話し声は聞こえない。

立ち止まっている男の背後を二歩ほど過ぎたとき、川村は気配を感じた。反射的に身をすくめる。

白い光が視界の隅をよぎった。ナイフの刃先が首すじをかすめたのだった。

「うわっ」

思わず声がでた。

右手にナイフを握った男が立ちはだかっていた。刃の背側に人さし指をあて、川村をにらんでいる。

とっさに腰に手をやり、川村ははっとした。

拳銃はない。パーティ会場に入るのに拳銃着装は不適切と考え、おいてきたのだ。

「何をするっ」

男は無言だった。腰を落とし、ナイフを川村に向け、間合いを詰めてくる。

背筋が冷たくなった。自分を刺す気だ。尾行に気づかれていた。

「俺は警察官だぞ。わかっているのか」

男は答えない。恐怖で鳩尾《みぞおち》が冷たくなった。

「シュッ」

男が息を吐くと同時にナイフをつきだした。川村はとびのいた。弾みでバランスを崩し、たたらを踏む。

そのときロータリーに車が一台すべりこんだ。ブレーキ音を響かせ、急停止する。短くクラクションが鳴った。

男がにやりと笑った。身をひるがえし、車に走りよる。追おうとしたが、足がすくんで動けない。

せめて車の運転手の顔でも、と思った瞬間、ハイビームにしたライトを浴びせられ、川村の目はくらんだ。

ジャンパーの男が乗りこんだ車は急発進した。中型のワゴン車だ。猛スピードで一本道を遠ざかっていく。うしろのナンバープレートに目をこらし、ガムテープが貼られていることに気づいた。

「くそっ」

川村は叫んだ。動けなかった自分への怒りでもあった。

28

「ずっとここにいるのですか」

女が訊ねた。川村が電話を切ってから十分近くが過ぎている。

「いや。相棒の連絡待ちだ。あんたを刺そうとした男を尾《つ》けている」

「つかまえられるでしょうか」

「簡単にはいかないだろうな。視察団のメンバーなら、職質をかけるのも難しい。問題は、なぜあの男は、あんたがパーティにくることを知っていたのかってことだ」

女は答えない。

「しかもあんたの顔を知っていて、最初から狙っていた。心当たりはないか？」

「ありません。見たこともない人です」

「つまりあんたの顔は殺し屋に知られているってことだ」

女が身じろぎした。佐江はつづけた。

「妙な話だ。三年間逃げのびたあんたが、今になって的にかけられている」

「出頭しようとしなければ、狙われることはなかったと思います」

「それもある。会長に手紙をだしたことも、結果、狙われる理由になった」

「会長は手紙に嘘《うそ》を書いたと？」

「会長が犯人ではないとしても、あんたから手紙が届いたことを知る人間はいる。会長はそのあんたにパーティの招待状を送った。招待状を手配した人間なら、あんたが現れることをわかっていた」

女が息を吐いた。

「確かにその通りです」

「白いピンバッジをつけた女性客は他にいたか？」

「え」

佐江の問いに女は考えこんだ。

「わかりません。でも赤や金に比べると見なかったような気がします」

「会長が犯人ではないとしても、近くに犯人かその仲間がいれば、今夜あんたを見つけるのは簡単だったということだ。殺し屋はあんたの顔を覚えた。いつでも狙える」

「そうですね」

佐江は暗がりの中、女を見た。

「あわてないのか」

「それを恐《こわ》いと思ったら、出頭しようとは考えません」

佐江は首をふった。

「たいした度胸だ。それともそれがあんたの狙いなのか」

「わたしの狙い？」

「あんたが現れることで、これまでなりをひそめていた毒虫どもがいっせいに動きだした」

女は答えない。やがていった。

「悪い人たちを見つけるには、それなりの犠牲が必要なのではありませんか」

「自分の命を犠牲にしてもかまわないということか」

「用宗悟志を見ましたか。妹をクスリで死なせておいて、知らんふりです。罪の意識があるようにはとても見えなかった」

女の声に初めて怒りがこもった。

「たとえ感じていたとしても、あの場では見せないさ」

「佐江さんは悟志をかばうんですか」

「かばっているわけじゃない。オーバードースで人を死なせた責任はある。だが殺したわけではない。あんたの妹の死と自分がかかわりがなかったように偽装したのは卑劣な行動だが」

答えながら佐江は気づいた。モチムネの経営陣が隠す悪事を暴く鍵があるとすれば、それは用宗悟志だ。

「殺されたようなものです。しかも偽装のせいで、妹はドラッグ中毒の売春婦のようにいわれました。許せない」

佐江の携帯が振動した。川村だ。

「どうなった？」

「逃げられました。あいつ、尾行に気づいていました。駅の反対側まで自分をひっぱっていって、いきなりナイフで切りかかってきたんです！」

川村の声には怒りと恐怖が混じっていた。

「怪我をしたのか?!」

「大丈夫です。間一髪でした。本当に」

「それで？」

「ナンバープレートにガムテープを貼ったワゴンがきて、乗せて逃げていきました。追っかけようと思ったんですけど、その――」

川村は口ごもった。恐怖に動けなかったのだと佐江は気づいた。

「いい。無理しなくて正解だ。もし追っかけていたら、本当に殺されていた」

「でも。手がかりだったのに……」

「気にするな。お前はもう戻れ」

「えっ。重参は――」

「俺といっしょだ。殺し屋に面が割れた以上、このあたりでうろうろするわけにはいかない。それに東京で調べたいことができた」

「東京で?!」

川村の声が高くなった。

「今から東京へ行くのですか」

「ああ。明日、俺が東京に向かったことを課長に報告しろ。ただし重参がいっしょだというのは秘密だ」

「佐江さん！」

「事件を解決するためだ」

佐江は厳しい口調でいった。川村は言葉を失ったように喘《あえ》いだ。

「戻って、きますよね……」

「もちろんだ。調べたいことがあるからと、俺がいきなり東京に戻ったと、皆にはいってくれ」

それが川村を守る方法でもある。だがそう告げれば、川村は反発するだろう。

「わかりました」

答えたものの、川村の声には不信がにじんでいた。

「また連絡する」

佐江はいって電話を切った。

「本当に東京に戻るのですか」

女が訊ねた。

「戻る」

「でも犯人はこの街にいます」

「いるとしても、誰だか、あんたも知らない。あのジャンパーの男は、仲間の車で逃げたそうだ。この街にいるとは限らない」

「東京で何かをするのですか」

川村とのやりとりから察したのか、女は訊ねた。

「そのつもりだ」

答えて、佐江は覆面パトカーのエンジンをかけた。坂道に戻る。

「わたしと二人だけで動き回って大丈夫なのですか」

走りだし、しばらくするとまた女が訊ねた。

「奴を巻きこむよりはいい」

「奴というのは？」

「『展覧会の絵』であんたに会った若い刑事だ。H県警の人間だ。今俺がしていることをいっしょにやったら、県警にいられなくなるだろう」

「佐江さんは大丈夫なのですか」

幹線道路を迂回《うかい》し、高速道路の入口の表示が見えたところで、佐江は一度車を止めた。

「うしろの座席に移ってくれ。高速の入口をくぐるときは、前の座席の背もたれの陰に隠れるんだ。カメラに写される」

女は無言で佐江の言葉にしたがった。佐江は高速に乗った。下りの出口ではパトカーが止まり、検問をおこなっている。

「わたしをこっそり運んだことが知られたら、今以上にまずくなるのではありませんか」

「俺を巻きこんだのはあんただ。なのに心配するのか」

佐江はルームミラーを見ていった。女の顔はない。ずっと身を低くしているようだ。

「申しわけないと思っています」

やがて低い声で女がいった。

「もし誰か信頼できる刑事さんを知っていたら、佐江さんを指名はしませんでした」

「俺の名を野瀬由紀から聞いたのか」

「はい」

「外務省で働く人間が、仕事でかかわった俺の名を簡単に教えるとは思えない」

女は黙っている。佐江はスピードをだしすぎないよう用心しながら、高速道路を走っていた。深夜の上り車線は交通量が少なく、いくらでも飛ばせてしまう。

「俺の考えを聞きたいか」

「どうぞ」

硬い声で女がいった。

「あんたも外務省の仕事をしていた。ただし職員ではなく、非公式で野瀬由紀を手伝っていた。その過程で、俺の話を聞いた」

「どうしてわたしが外務省の仕事をするんです？　わたしは上田先生の秘書でした」

「そこが問題だ。俺に答えはわからない」

女がくすりと笑ったので、佐江は思わずミラーを見た。が、あいかわらず女の姿は映っていなかった。

「佐江さんておもしろい人ですね。こんな状況なのに余裕がある」

「警察を辞めようと思っていた。あんたが俺を指名してくるまで。実際、辞表も上司に預けたままだ」

女は黙っていた。眠ってしまったのかと思うほど長い時間沈黙がつづき、やがていった。

「ひどいご迷惑をかけたのですね」

「ご迷惑かどうか、まだわからない。辞める気だったのだから、何をどういわれようとまるでかまわない。川村とはそこがちがう」

「佐江さんが、川村さんのことを気づかっているのはわかります」

「俺と組んだことが理由で、上ににらまれたんじゃ、割に合わない。あいつは何もわからず、上司にいわれるまま、俺とコンビを組まされたんだ」

「でもわたしからのメールに最初に対応したのは川村さんでした。とても誠実に、自分は一課の新米刑事で、ホームページへの通報を担当している川村といいます、と。新米刑事とあったので、信用できると思ったんです」

「H県警のベテランは信用できないと思っていたのか」

「いろいろな事情がH県警にはありますから。佐江さんはなぜ警視庁を辞めようと思っていたのですか？」

「話すと長くなる」

「東京までは、あと二時間近くかかります。そのあいだお聞きできます」

「俺が話したら、あんたも野瀬由紀と知り合ったいきさつを話すか？」

「それは佐江さんのお話をうかがって考えます」

「ずいぶんだな。聞くだけ聞いて、話さないとしたら」

「警察を辞めようと思っていたとおっしゃったのは佐江さんです」

佐江は深呼吸した。この女をどこまで信用していいのか、まだわからない。だがさしあたって東京まで居眠り運転せずに向かうには、警察を辞めようと決心した事件の話をする他なさそうだった。

日本有数の広域暴力団の手で水面下で進められていた「Kプロジェクト」。それを阻止しようとした「死神」と呼ばれていた刑事。

そして佐江の命を何度も救った少女。腹に弾丸を食らい、死を覚悟しながら、佐江は彼女を逃がした。警察を辞めるどころか、逮捕すら覚悟していた。

「どこまで話そうか」

無意識に佐江はつぶやいていた。

29

佐江との通話を終え、川村はすわりこんだ。

駅舎二階の通路にあるベンチだった。多いとはいえないが人通りがあり、駅員のアナウンスも流れていて、恐怖を薄れさせる。

喉がからからだ。自動販売機を見つけ、立ちあがった。体が鉛のように重い。何千メートルも走ったあとのようだ。

缶コーヒーを買い、元のベンチに戻った。硬貨を自販機に入れようとして、手が震えていることに気づいた。今も震えている。

コーヒーの甘さとあたたかさに、ため息がでた。

生まれて初めて、刃物を向けられた。それも、おそらく人殺しのプロに。

そう考えると、ざっと鳥肌が立った。タイミングがちがえば、自分は背中にナイフをつき立てられ、あの場で息絶えていたかもしれない。

命を救ったのは、空気の動きだった。男がナイフをふりかぶった、一瞬の空気の動きに気配を感じ、体をすくめた。それでよけることができたのだ。

あいつの笑い。思いだすと腹の底がかっと熱くなる。川村の足がすくんで動けないのを見こしていた。つまり何度も、刃物を向けられ、動けなくなった人間を見てきたのだ。

もし拳銃をもっていたら――。

ためらわず抜いていた。威嚇《いかく》射撃もしたろう。場合によっては、男に向け発砲していたかもしれない。

そう考えると背筋が冷たくなった。拳銃をもつことの重みがずっしりと伸《の》しかかってきた。

制服警官だったとき、銃は装備の一部で重さに苦しめられるだけの代物だった。訓練以外でホルスターから抜いたことは一度もない。

今日は切実に、銃の必要性を感じた。だが、もしもっていたなら、人を撃ったかもしれない。相手が自分を傷つけようとする人間であったとしても、果たして引き金を引けただろうか。引いたかもしれない。いや、引いた。引かなければ殺されるとあのときは感じていた。

その結果、今度は逆に、自分があの男を殺していたかもしれない。

慄然《りつぜん》とした。

傷つけられる恐怖と傷つけることへの恐怖に板ばさみになっている。

両手で缶を握りしめ、額に当てた。目を閉じたいが、恐くて閉じられない。あの男が戻ってくるかもしれない。頭では戻ってこないとわかっていても、ナイフを向けられたときの恐怖がこびりついている。

深呼吸した。何よりつらいのは、この思いを誰にも告げられないことだ。上司にも同僚にも、殺されかけたと話せない。唯一話せる佐江は、東京にいってしまった。

親に見捨てられたかのような心細さを川村は感じた。といって、今さら一課を頼るわけにはいかない。

職場の人々に対し、自分は秘密をもちすぎている。重参を見つけたことも、その重参と佐江が行動を共にしていることも、一課の誰にも告げていない。

今からでも遅くはない。佐江が重参を連れ東京に向かったことを仲田《なかた》に話すべきではないのか。

そうしたとしても、まちがいではない。むしろ職務として当然の行動だ。

川村の手は懐の携帯にのびかけた。今なら叱責ですむ。佐江もきっとわかってくれるだろう。

いや、自分が話せば、佐江の立場は大きくかわってしまう。

今の佐江の行動は、明らかに職務を逸脱しており、まかりまちがえば阿部佳奈の〝共犯者〟とされかねない。阿部佳奈が「冬湖楼事件」の犯人であったら、佐江の行動は共犯者のそれだ。

たとえ阿部佳奈のほうから出頭を申してできたのだとしても、〝指名〟した佐江と逃げているというこの事態は、二人の立場を決定的に悪くする。

どうすればいいのだ。自分は何もできない。

佐江をかばえばH県警の〝裏切り者〟になってしまう。といって約束を違《たが》え、今夜のことを報告すれば、佐江を〝犯罪者〟にしてしまいかねない。

今の自分に味方はいない。

どこで道をまちがえたのだろう。

缶コーヒーを握りしめ、川村は頭を巡らせた。

県警本部とモチムネの関係に疑問を感じたときからだ。高野はモチムネを捜査対象とすることに腰がひけていた。それを感じて、自分は佐江の側に立ったのだ。

実際、今夜のパーティに阿部佳奈が現れたことが、モチムネと事件の関係を示唆している。なのにそれを自分は高野に告げられない。高野もあの場にいたというのに。

さっきまで感じていた命を奪われるという恐怖は消え、かわりに、警察官としての立場を失うかもしれないという不安がこみあげてきた。

自分はどうなってしまうのだ。果たしてこのままでよいのか。

佐江にも訊けない。仲田には話せない。

誰も教えてはくれない。川村は歯をくいしばった。耐えるしかないのか。

すべきことに気持ちを集中させろ。

すべきこと。俺のすべきことは何だ？

事件の犯人をつかまえることだ。「冬湖楼事件」のほしを挙げるのがすべてだ。

そこに思いが至ったとき、不意に川村の頭の中で霧が晴れた。

佐江を信じ、支援する他ない。自分の仕事はそれだ。H県警だろうが警視庁だろうが、所属には関係なく、警察官がすべきことをする。

大きく息を吐き、川村は残っていたコーヒーを飲み干した。

今のこの結論は、まちがっているかもしれない。だが今夜は、それを信じていよう。川村は携帯をとりだした。実家にかける。

珍しく、母ではなく父が固定電話にでた。

「はい」

言葉少なな、その返事に川村は心が安らぐのを感じ、告げた。

「父さん。今日、家に泊まる」

30

「たいへんな思いをされたのですね」

女がいった。

「勘ちがいしないでくれ。俺は別に尊敬や同情をしてもらいたくて話したわけじゃない。居眠り運転をしないように喋っていただけだ。ひとり言みたいなものだ」

佐江は答えた。「東京まであと三十キロ」という表示が見えた。

「ところであんた、東京に寝ぐらはあるのだろうな」

「住居のことですか。あります」

「今夜はそこにあんたを送り届け、俺も自分のアパートに戻ることにする。ただし明日以降は俺の捜査につきあってもらう」

「何を捜査するのです？」

「それは明日、話す」

「わかりました。わたしの住居は中目黒の駅の近くです」

女が素直に自宅を教えたことに、佐江は内心驚いた。もっとも本当に自宅が中目黒なのかどうかは、部屋にあがらない限り、確かめようがない。

明朝迎えにくることを約束し、佐江は中目黒駅の近くで女を降ろした。時刻は午前零時近い。

女が歩きさるのを見届け、川村の携帯を呼びだした。川村はすぐに応えた。

「佐江さん！」

「ほったらかして悪かったな。ようやく東京についた」

「自分は今日は実家です。さすがに寮に帰る気になれなくて」

「仲田さんに連絡をしなかったのか」

「正直、考えました。でも今、課長にいろいろ知らせたら、佐江さんが被疑者扱いされかねません」

「確かにな。いろいろ迷惑をかけてすまない」

「そんな。それで東京で何をするのですか」

「用宗悟志に会う」

「えっ。でも悟志は将来のモチムネの社長だといったのは佐江さんです」

「だからお前には会わせたくないのさ。俺とお前じゃ立場がちがう。それに悟志に手ぶらで会いにいくわけじゃない」

「まさか重参を連れて会いにいくのですか」

「そういうことだ。いくら昔の話だととぼけようにも、死なせた女の姉が現れたら、簡単にはいかない」

「でも、やりすぎになりませんか」

「やりすぎは承知の上だ。だがいくらH県警の一課長や刑事部長が怒っても、俺をクビにはできない。別になってもかまやしないが」

「そんな。クビになんてならないで下さい。佐江さんがいなくなったら、自分は困ります」

心細そうに川村はいった。

「大丈夫だ。したことを考えれば、いくらやりすぎでも、悟志は文句がいえない」

「それはそうかもしれませんが——」

「『冬湖楼事件』には、モチムネの乗っ取りが関係している」

「乗っ取り?!」

「それについて悟志の口を割らせるのが、重参を連れて会いにいく目的だ。悟志のスケジュールを調べられるか」

「何とかなると思います」

「それともうひとつ調べてもらいたいことがある。阿部佳奈の身長だ」

「身長ですか」

「そうだ。明日でいい。連絡を待っている」

告げて、佐江は電話を切った。

覆面パトカーを高円寺まで走らせ、アパートに近いコインパーキングに止めたときは、さすがにへとへとだった。空腹だったが部屋には何もなく、缶ビール一本を飲んで佐江はベッドにもぐりこんだ。

眠ったと思った瞬間に、枕もとの携帯に起こされた。いつのまにか午前七時を回っている。

電話は川村からだった。

「はい」

「起こしてしまいましたか。すみません」

「かまわん。どうした？」

「悟志のスケジュールです」

体を起こし、佐江は息を吐いた。

「わかったのか」

「モチムネにいる同級生から訊きだしました。今日午前中の列車で東京に戻るそうです。東京駅着が正午ちょうどです」

「じゃあ、そのあとは東京支社にでるんだな」

「ええ。午後から会合が入っているそうです」

川村は答えた。

「助かった」

「いえ。気をつけて下さい」

「同級生にもうひとつ頼んでほしいことがある」

「何でしょう」

「モチムネの会長に会いたい。それもできれば二人きりでだ。重参が昨夜のパーティ会場に入りこめたのは会長の引きがあったからだ」

「本当ですか?!」

「重参は県警本部にメールを送る前に、会長あてに手紙を書いた。それに会長は返事をよこしパーティの招待状を同封してきた。おそらく重参と会って話そうと考えていたのだろう」

「話す？　殺すではなくてですか」

「もちろんその可能性もある。いずれにしても重参がパーティ会場に現れることを、会長やその側近が知っていた可能性は高い」

「そういえば会長の秘書だか運転手が久本に口止め料を手渡していたと、あの新田という男はいっていましたね」

「これは勘だが、会長は『冬湖楼事件』の犯人ではない。が、すぐ近くに犯人はいる」

「誰です？」

「それを知るために会うのさ」

川村は黙っていたが、決心したようにいった。

「やはり自分もいきます。佐江さんにばかり押しつけられません。モチムネの東京支社に乗りこむのですか」

「やめておけ」

「殺されかけたんです。このまま何もしないのは嫌です」

「悟志がお前を殺そうとしたわけじゃないだろう」

「でも悟志が犯人を雇ったのかもしれません」

「それはどうかな。むしろ狙われる側だろう」

「とにかく東京にいかせて下さい。ひとりでこちらにいるわけにはいきません」

「課長に何と報告する？」

「それは――。佐江さんは今、重参といっしょなのですか」

「まさかいっしょに泊まるわけにはいかないだろう。重参の自宅のそばで別れた」

「それじゃあまた逃げられるかもしれない」

「何をいってる。向こうが出頭するといったから、昨夜もあんなことになったんだ。重参に逃げる理由はない」

「そうか……。そうでした」

「それより一課で高文盛のことを調べろ」

「高文盛、ですか」

「視察団の団長だ。重参の話では、高文盛はモチムネの乗っ取りを画策している。事件の日冬湖楼に集まっていたのは、高にモチムネの株を譲渡しようとした人間だった。上田弁護士は高の代理人をつとめていた」

「高文盛が……」

「そう考えると、重参の命を狙った、あのジャンパーの男が視察団のメンバーにいたのも不思議はない」

佐江はいった。

「待って下さい。あいつが冬湖楼の犯人じゃないのですか」

「冬湖楼の犯人の目的は、モチムネの乗っ取りの阻止だ。高文盛とは相反する」

「でも砂神組の殺し屋は『中国人』だといってたじゃないですか」

「『中国人』というのは、あくまで渾名《あだな》だ。それに中国人だとしても、中国人の殺し屋がひとりしかいないわけじゃない」

「それは……そうですね」

「阿部佳奈の身長についてはどうだ？」

「写真と同様、資料がありません。同級生の連絡先がある筈ですので、今日にでも調べてみます」

「それ見ろ。そっちでやることはたくさんある」

「でも自分の任務はあくまでも佐江さんと県警とのパイプです」

「俺から目を離すなといわれているのはわかっている。重参が県警に出頭するときは必ずお前もいっしょだ。心配するな」

「自分の立場じゃありません。ほしを挙げるために全力を尽くしたいんです」

川村の声は真剣だった。

「わかった。とにかく頼んだことをやってくれ。今日の午後にまた連絡する」

佐江は告げて、電話を切った。阿部佳奈との待ち合わせは午前十時だ。佐江はベッドから降りた。

悟志は正午に東京駅に到着する、と川村はいった。おそらくグリーン車に乗っているだろうから、待ち伏せるのは簡単だ。

阿部佳奈を迎えにいく前に、腹ごしらえをしたかった。

31

電話を切った川村の部屋の扉がノックされた。

「起きてるかい？　朝ご飯、食べていくんだろう」

母の声だった。いらないといおうとして、川村は考え直した。実家で朝飯を食べるという、あたり前の時間が、不意にとても貴重なものに感じられたからだった。

「うん。食べる」

居間で、父と三人で食卓を囲んだ。川村には妹がいるが、去年嫁ぎ、実家は両親二人だけだ。そのせいか母は嬉《うれ》しそうだ。父も珍しくご飯をお代わりした。

母が吊《つ》るしておいてくれたスーツに袖を通し、川村は県警本部に向かった。

用宗悟志のスケジュールを知りたいと早朝電話をしてきた川村に、河本《かわもと》はいぶかしげではあったが今日の帰京を教えてくれた。「冬湖楼事件」の件で、東京の刑事が会いたがっているのだ、と川村は説明した。嘘はいっていない。

一課に入ってきた川村に、すでに出勤していた仲田が声をかけた。

「きのうのパーティにいたらしいな。高野さんが見たといっていたぞ」

かすかに棘《とげ》があった。挨拶がなかったことに、高野か、高野と仲田の両方が腹を立てているのかもしれない。

「佐江さんが見たいといったのでお連れしました」

「その佐江さんはどうした？」

「調べごとがあるといって東京に戻られました」

仲田は眉をひそめた。

「どういうことだ」

「佐江さんの話では、重参から連絡があって、『冬湖楼事件』の背景には、高文盛によるモチムネ乗っ取りがある、というのです。高文盛は今本郷にきている視察団の団長で、中国の実業家です。高の代理人を上田弁護士がつとめ、マル害の株を買いとろうとしていたようなのです」

「本当か、それは」

仲田は目をみひらいた。

「佐江さんはそうおっしゃいました」

「乗っ取りの話など、事件発生時にはまったくでなかった」

「マル害を撃ったのが株の譲渡を阻止するためだったとすれば、犯人は乗っ取りの計画があるのを知らぬフリをした筈ですし、マル害の夫人たちも夫が会社を裏切ろうとしていたことを話すわけがありません」

仲田はまじまじと川村を見つめた。

「そんな背景があったとなると、状況はかわってくるな」

「佐江さんは高文盛について、こちらで調べてほしい、とのことでした」

「佐江さんは東京で何を調べている？」

「おそらくですが、用宗悟志だと思われます」

「用宗悟志を？　なぜだ」

「これも佐江さんからの受け売りですが用宗悟志は、東京にいた大学生時代、事件を起こしています。それはつきあっていた女学生を薬物の過剰摂取で死亡させた、というものです」

「このあいだ高速警察隊に問い合わせていた売人の件と関係があるのか」

　さすがに仲田は気づいた。川村は頷いた。

「はい。悟志にクスリを売っていたのが事故で死んだ久本です。サガラ興業にクスリを卸している新田は、久本にも卸していて、その線から用宗悟志の件をつきとめました。久本は事故死する一年前まで、モチムネの関係者から口止め料を受けとっていました」

　川村が答えると、仲田の顔は険しくなった。

「なぜ、それを報告しなかった」

「モチムネを捜査対象にすることを高野刑事部長が快く思っていないと感じたため、確実な証拠があがる前に報告すべきではないと思ったからです」

　川村が答えると、仲田は深々と息を吸いこんだ。

「刑事部長を疑っているわけではありません。ですが自分の報告によっては、叱責をうけるかもしれないと考えておりました。余計なことをするな、と」

仲田は馬鹿げているというように、首をふった。

「刑事部長はそんな人ではない。それより高速警察隊は事故をどう見ているんだ？　佐江さんは殺された可能性が高い、といっていたが」

「運転するバイクが百六十キロでコンテナ運搬車に衝突し、即死。血中から高濃度のメタンフェタミンが検出された。所持していたバッグに覚醒剤の『金魚』と注射器を入れていたが、衝突時に発生した火災で、それらはほとんど燃えてしまったそうです。新田は、何者かが高濃度の覚醒剤とすり替え、それで久本が事故ったのではないかと疑っていました」

「だが証拠は残っていないということか」

仲田の言葉に川村は頷いた。

「警察隊の方の話では、分駐所に挨拶にきた、砂神組の幹部がいました。名前はいいませんでしたが、人相から、米田《よねだ》だと思われます。米田は、新宿のフォレストパークホテルに何者かを送り届けた男です。佐江さんは、それが殺し屋だったのではないかと考えています」

「米田は砂神組の幹部だろう。それがなぜ重参を狙うんだ？」

「新田の話では、売人の久本は『冬湖楼事件』のあと、モチムネから口止め料を受けとるのをやめたそうです。分け前を狙った新田が用宗悟志の話をすると『いろいろヤバい』と」

「何がヤバいといったんだ？」

理解できないというように仲田は訊ねた。

「久本に砂神組の幹部が圧力をかけたのではないかと新田は疑っていました。モチムネには触るなといわれ、その挙句にバイク事故で死んだからです。殺したのは組うちの人間ではないか、と」

「何のために殺す？　用宗悟志が事件を起こしたとしても、学生時代の話だ。今さら口封じをする必要はないだろう」

「口封じの理由は、用宗悟志ではない、と佐江さんは見ています」

川村がいうと、仲田は息を呑んだ。

「だったら――『冬湖楼事件』だというのか」

川村は頷いた。

「久本は用宗悟志にクスリを売っていただけではなく、死んだ女学生の部屋にクスリや避妊具をおき、あたかも薬物好きの売春婦であったかのような偽装をしました。その結果、用宗悟志は警察の取調べを逃れられたのです。それが長期間、モチムネから金を脅しとれた理由です。金は用宗悟志ではなく、祖母で会長の用宗佐多子が払っていました。新田の話では、会長の秘書だか運転手が現金を届けていたそうです。つまりモチムネの会長と砂神組には接点があったわけです」

仲田は深々と息を吸いこんだ。この話を他に聞いた者がいるか、確かめるように一課内を見回した。

皆が注目していた。手を止め、聞き耳をたてている。

「モチムネの会長がほしだというのか」

「動機はあります。冬湖楼のマル害のうち大西と新井は株を売ろうとしていて上田弁護士は買う側の代理人でした。つまり会長からすれば裏切り者です」

「確かにそうなる」

仲田は低い声で同意した。

「ですが佐江さんは、会長はほしではないと考えているようです」

「じゃあ誰だ？　社長か？」

川村は首をふった。

「わかりません。会長のすぐ近くだ、としか」

仲田は大きく息を吐き、再び課内を見回した。

「いいか。今の話はウラがとれているわけじゃない。外に洩《も》らさないようにするんだ」

全員、無言で頷く。課内の空気はひどく重いものになっていた。

「用宗悟志に会って、過去の事件のことを訊きましょうといったら、佐江さんに止められました。悟志はモチムネの次期社長だ、お前は手を出すな、と」

　仲田は目をみひらいた。

「お前をかばったのか」

「それもありますし、証拠がないのにそんな真似《まね》をしても――そうか。だからか！」

　途中で気づいた。悟志のスケジュールを佐江が知りたがったのは、川村抜きで会うためだ。しかもその場には阿部佳奈がいる。

「どうした？　何が、だからなんだ？」

　仲田は怪訝《けげん》な表情になった。

「佐江さんはおそらく、県警を巻きこまずに悟志に当たる気なのだと思います」

　川村は答えた。阿部佳奈を同行して、とはさすがにいえなかった。

「我々を信用していないのか」

「そうではなく、県警とモチムネの関係を悪化させないためだと思います。あの人は、自分がクビになるのはかまわないが、お前は駄目だといいました」

　仲田は目を閉じた。

「俺は、誤解していたのか……」

川村は黙っていた。もし佐江が重参と行動を共にしているとわかれば、再び佐江の印象は悪くなる。

目を開け、仲田はいった。

「高文盛について調べるぞ。視察団の団長なのだから資料はある筈だ。徹底して洗え」

川村は頷き、自分のデスクについた。「冬湖楼事件」の資料から、阿部佳奈に関するものを捜す。大学時代の同級生の証言があったのを覚えていた。記録の該当箇所は見つかったが、同級生の連絡先までは書かれていない。どこかにある筈だ。

仲田に訊けばわかるかもしれないが、なぜ佐江が重参の身長を知りたがっているのかを訝《いぶか》るだろう。佐江がすでに重参と接触していると気づかれかねない。

川村は唇をかんだ。「冬湖楼事件」の厖大《ぼうだい》な資料を一から当たらなければならない。気が遠くなりそうだ。

が、今自分にできるのはそれしかなかった。

32

約束通り、阿部佳奈は中目黒駅近くに立っていた。ワンピースにスプリングコートを着た長身が目につく。佐江が覆面パトカーを止めると、ためらうことなく助手席に乗りこんだ。

「本郷に戻るのですか？」

車を発進させた佐江に阿部佳奈は訊ねた。

「いや、東京駅に向かう。正午着の列車で用宗悟志が帰京する。ホームで待ち伏せて話を訊く」

阿部佳奈を見た。阿部佳奈の表情はかわらなかった。

「わたしもその場にいくのですか？」

「あんたがいなけりゃ、用宗悟志の口を開かせるのは難しい。嫌か？」

わずかに間をおき、阿部佳奈は答えた。

「嫌ではありません。妹を死なせたのに責任を逃れた用宗悟志は許せない。でも『冬湖楼事件』の解決と、悟志の犯した罪は別です。悟志を責めれば犯人がわかると佐江さんは考えているのですか？」

「いや、そうは思っていない。この事件では、二人あるいは二組の殺し屋が動いている。昨晩あんたをナイフで刺そうとした殺し屋と冬湖楼で四人を撃った殺し屋はおそらく別だ。昨晩の殺し屋は、乗っ取りの背後にいるのを知られたくない高文盛があんたにさし向けたものだ。一方、冬湖楼で四人を撃った殺し屋は、モチムネ乗っ取りを阻止するのが目的だったと考えられる。その殺し屋を使っているのは砂神組の米田という幹部だ。乗っ取りを阻止したいモチムネ側の人間が、砂神組の殺し屋を冬湖楼に送りこんだ。砂神組とモチムネの接点を作ったのが、あんたの妹の事件だ。売人の久本は、長年モチムネから口止め料を脅しとっていたが、『冬湖楼事件』のあと、交通事故で死亡した。それは偽装事故だったと俺は思っている。米田をモチムネ側の人間に紹介したのが久本で、そのために口を塞がれたんだ」

「モチムネが久本を殺したのですか」

「いや、殺《や》ったのは砂神組だろう。自分のところの組員だが、久本はクスリの売人で重度の覚醒剤中毒だった。『冬湖楼事件』に砂神組が関係しているという秘密を守るために消したんだ。しゃぶ中は、クスリ欲しさに何をするかわからないからな。同じ組うちでも信用されない」

「わかりました。でもどうして高文盛は、用宗悟志が起こした事件を知っていたのでしょう。それがなければ、悟志は株の譲渡に同意しなかった筈です。次の社長なのですから」

阿部佳奈がいった。

「それを、俺はあんたに訊こうと思っていた。高文盛はどうやって悟志の弱みをつかんだのか、とな」

「わかりません。上田先生は悟志の起こした事件のことを知らなかった筈です」

「市長だった三浦はどうだ？」

佐江は訊ねた。

「もしかすると……知っていたかもしれません。三浦市長は、元県警幹部でしたから」

「三浦の口から上田に伝わり、上田から高文盛という可能性はあるか？」

「絶対にないとはいい切れないと思います」

「三浦市長と上田弁護士は大学の同級生で心安い仲だった。モチムネの乗っ取りを代理人として進める上田の仕事を助けようと、三浦が秘密を洩らしたのかもしれない。もしそうなら、公務員としては許されない行為だ」

佐江はいった。

「経営権が高文盛に渡れば、モチムネは大発展する、と上田先生はおっしゃっていました。古い企業体質がかわり、新製品を開発して、それはまちがいなく市場に受け入れられる。モチムネだけでなく、本社のある本郷市、ひいてはH県にも大きな利益をもたらす、と」

どこか虚《うつ》ろに聞こえる口調で阿部佳奈はいった。

「三浦は県知事の座だって狙えた。なりゆきによっちゃ、国会議員もある」

「ええ。それは、上田先生もおっしゃっていました。三浦は、大きくなると」

「冬湖楼の犯人は、それを潰したわけだな。話を聞いていると、殺し屋を雇ったのは、やはり会長かその側近しかいない、と思えてくる。悟志が殺されなかったのも、身内だから見逃したともいえる」

「わたしを殺したがっているのはどちらですか？　『冬湖楼事件』の犯人なのか、高文盛なのか」

「どちらも、だ。両方ともモチムネ乗っ取りに関する事実が明らかになるのを恐れている。『冬湖楼事件』の犯人は正体がバレるし、高文盛は、水面下で進めている乗っ取り工作が公になる」

佐江は答えた。阿部佳奈は平然としている。

「そうなんですね」

「三年前、事件の直後にあんたが出頭し、乗っ取りの件を明らかにしていたら、状況はまるでちがったろう。なぜ三年間も逃げ回った？」

「そのことは事件とは関係がないと申しあげた筈です」

「何か、罪を犯したのか」

阿部佳奈の顔がこわばった。

「何の話です？」

「三年間、あんたが出頭できなかったのには別の理由があるとしよう。それが何なのか、俺は考えていた。何か罪を犯し、そのために出頭できなかったとしたらどうだ」

「『冬湖楼事件』で、わたしには殺人の疑いがかかっています。その上、わたしが何の罪を犯すというのです？」

きっとなって、阿部佳奈は佐江を見た。

「じゃあ、いいかたをかえよう。警察の捜査から逃れるために、人にはいえない仕事をしていた」

「何をしていたというんです？　風俗で働いていたとでも？」

佐江は首をふった。

「そんな単純な仕事じゃない。もっとヤバい仕事だ。何だかはわからないが、その結果、あんたには極道や警察をだし抜く度胸がついた。さらにいえば、野瀬由紀ともそこで知り合ったと、俺はにらんでいる」

阿部佳奈は黙っている。図星だと佐江は直感した。

「わたしがいったい何をしていたというのです？」

「そいつはわからん。野瀬由紀に訊くしかないと思うが、何せ忙しいらしくて、めったに連絡がとれない」

佐江がいうと、阿部佳奈の口もとがゆるんだ。

「佐江さんは女を責めるのが下手ですね」

「どういう意味だ？」

「わたしのことを野瀬さんから聞いていると鎌をかけることもできたのに、そうしなかった」

佐江は息を吐き、ハザードを点《とも》して覆面パトカーを道路の左に寄せた。

「あんたのいう通りだ。俺は極道とかしゃぶ中、売春婦といった連中にはいくらでも強くでられるし嫌な奴にもなれる。だが、あんたみたいに白か黒か、はっきりしない女性を相手にするのは得意じゃない。脅したり鎌をかけたりするのは、十八番《おはこ》なんだが」

阿部佳奈は答えなかった。その横顔を見つめ、佐江はいった。

「あんたの本当の目的を教えてくれ」

「本当の目的？」

阿部佳奈は佐江を見た。

「ああ。『冬湖楼事件』の真犯人を見つけ、自分の容疑を晴らすだけなら、三年も待つ必要はなかった。何か理由があるのだろう？」

阿部佳奈はじっと佐江を見つめている。

「では訊きますが、佐江さんはなぜ、わたしの指名に応じたのですか。H県や本郷とは縁もゆかりもないあなたが、なぜわたしを助けているのですか」

「それをいうなら、なぜ俺を指名したのかって話だろう。まるで部外者といってもいい俺を事件にひっぱりこんだのはあんただ」

佐江は阿部佳奈とにらみあった。阿部佳奈が微笑《ほほえ》んだ。

「佐江さんがそういう人だからです。縁もゆかりもない人間のために、たとえ相手が何者であろうと決して退かない。あなたがそうだということをわたしに教えてくれたのが、野瀬由紀さんでした」

「野瀬が……」

「『でぶは好みじゃないけど、あの人には惚《ほ》れた。あんな男前な人はいない』。そういっていました」

佐江は全身が熱くなった。

「ふざけてやがる」

阿部佳奈は笑い声をたてた。

「そう、そういうだろうともいってました。『わたしが惚れたなんていったら、ふざけるなって怒りだす』」

佐江は首をふった。何をいっても分が悪い。

「佐江さんを信用できると教えてくれた野瀬さんは、わたしを助けてくれた人でもありました。日本ではなく中国でのことです。佐江さんが考えた通り、わたしはこの三年間、危険な仕事をしていました。他人の名義のパスポートをもち、さまざまな国に出入りする仕事です。それで知りました。暴力団やマフィア以上にあくどいことをしている警察官もいる。彼らは賄賂《わいろ》をとって犯罪者を見逃すだけでなく、自分の立場を守るためなら無実の人間に罪を着せるのもいとわない。もちろん日本の話ではありません。しかし『冬湖楼事件』に関する限り、日本の警察も信用できないと思ったのです。フォレストパークホテルに殺し屋がいたことが、その証拠です」

「そいつは否定できない。フォレストパークホテルにあんたが現れるという情報は、警察以外からは流れようがなかった。だから俺なのだな。出世には興味がない。いつでも辞めてやるとうそぶいているような俺なら、スパイを見つけだす役に立つ、と考えたわけだ」

「はい。『冬湖楼事件』の犯人は、H県警ともつながっている。だからすぐに出頭しても、彼らのいいようにされてしまうかもしれないと思ったのです」

「いいようにされるとはどういうことだ。犯人に仕立てられるというのか」

「その可能性はゼロではないと思います。たとえ県警内部に犯人がいないとしても、わたしの話を信じてもらえない可能性もありました。出頭するのなら、保険をかけなければいけない。それが会長に送った手紙であり、佐江さんです」

佐江は大きく息を吸いこんだ。

「あんたは、警察から逃げていた三年のあいだに経験を積み、保険の方法を学んだというわけか」

「わたしが逃げていた相手は警察だけではありません。冬湖楼で四人を撃った殺し屋も、わたしを狙っていた筈です。ヘルメットをかぶってはいましたが、わたしは殺し屋の姿を見ていますし、なぜ四人が撃たれたのかという理由も知っている。警察に出頭する前に殺したいと考える筈です。保険をかけずに出頭したらどうなるか。もしフォレストパークホテルに直接わたしがいき、その場に佐江さんもいなかったら、何が起きたでしょう」

「十中八、九、あんたは撃たれた」

阿部佳奈は頷いた。佐江を見すえる。

「わたしの判断はまちがっていますか」

「いや」

佐江は首をふった。

「でも納得していない顔に見えます」

佐江は唸《うな》った。

「何かが腑《ふ》に落ちない。あんたのことをいっているのじゃない。犯人が県警から情報を得たのは確かだろう。モチムネの乗っ取り計画を阻もうと、冬湖楼にいた人間を撃ったというのも納得できる。そう考えると、犯人は会長か社長のどちらかしかいない。高文盛も当然それを知っていた。なのにパーティ会場であんたを消そうとした理由は何だ？　乗っ取り計画が存在するのを知っていたからこそ、犯人は冬湖楼に殺し屋をさし向けたんだ」

「つまり、高文盛にはわたしを狙う理由はないというのですか？」

阿部佳奈の問いに佐江は頷いた。

「むしろ高文盛こそ、冬湖楼に現れた殺し屋のターゲットにされて不思議はない。なのに視察団の団長として日本に乗りこんでいる。大胆すぎないか。その上、殺し屋をあんたにさし向けた」

「殺し屋をさし向けられるような人間だからこそ、命の危険をかえりみず日本にやってきたのだと思います。ビジネスを成功させるためなら、あらゆる手段を問わない。殺されるのも殺すのも、恐れない」

「それじゃあマフィアだ。切った張ったで成り上がろうとする連中とかわりがない」

「中国で大きな成功をおさめるためには、さまざまな危険をくぐり抜けなければなりません。

ライバル企業だけではなく、政治情勢で方針を一変させる政府も信用できない。きのうまであと押ししてくれた役人が逮捕され、今日からは犯罪者扱いされる。それをしのいで大連光電有限公司を大企業にしたのが高文盛です。下手なマフィアなど足もとにも及びません」

熱のこもった口調だった。

「高文盛に詳しいようだな」

佐江がいうと、阿部佳奈は我にかえったように、首をふった。

「大連にいったとき噂《うわさ》を聞きました。会社を立ちあげる資金を人にいえない方法で作り、ライバル企業を蹴落とすためには手段を選ばなかった、と」

「モチムネはそんなあくどい企業とつながっているのか」

「世間知らずの会社なんです。それを自覚しているから新製品の開発もおこなわず、地道に今ある事業を守ることだけを考えている」

「そこにつけこみ、買収を考えたというわけか」

「高は日本に留学していたことがあり、日本人や日本企業の体質を知っています。高にとってモチムネは、最高の獲物です。傘下におくためなら、手段は選びません」

「高文盛に恨みがあるのか」

「えっ」

「用宗悟志に対するより、厳しい口ぶりだが」

阿部佳奈の表情がこわばった。

「何かあったようだな」

「高について佐江さんが知りたそうだったので話しただけです。すべて本当のことです」

阿部佳奈は硬い顔になった。

「まあいいさ。悟志の弱みを握って株を譲渡させようとするあたり、悪党にはちがいない」

佐江はいって、覆面パトカーを発進させた。

33

川村は資料と格闘していた。この三年間、捜査本部はさまざまな方向から「冬湖楼事件」の犯人に迫ろうと捜査をおこなっている。その記録は厖大だ。

だがそれは、佐江が見抜いたように初動捜査のあやまりの結果でもあった。阿部佳奈を主犯あるいは共犯者ととらえ、阿部佳奈さえおさえられれば事件は解決すると当時の捜査本部は考え、動機などの捜査が甘かったのだ。

被害者の数が多く、市長、弁護士、地元企業の経営者という顔ぶれであったことも、動機に関する詰めが甘くなった理由だ。

特にモチムネの副社長であった大西義一《ぎいち》と会長の娘婿である新井壮司《そうじ》に関する情報を得るには、モチムネ経営陣を頼らざるをえない。

再三の訊きこみをおこなうべき相手なのに、捜査員が面会にすら苦慮した形跡があった。

経営陣は、事件を理由にモチムネが好奇の目にさらされることを恐れていたようだ。県警本部長命で、情報統制には特に留意することとある。新聞、テレビ、週刊誌などの取材に対し、決して情報を洩らしてはならない、ということだ。

被害者の中に県警の元幹部がいたことを考えれば、県警の立場もモチムネと大同小異だったと想像がつく。どちらもスキャンダルを恐れ、箝口令《かんこうれい》をしいたのだ。

犯人逮捕に全力をあげろと命じながら、あらゆる情報をおさえこむという方針は、捜査陣の片腕を縛っているに等しかった。

「冬湖楼事件」がこのままではお宮入りするという、捜査員の不安は記録の中にも見てとることができた。阿部佳奈からのメールがなければ、それは現実となったかもしれない。

暗い気持ちで記録を読んでいた川村の目はあるページで止まった。それは、事件発生から三日目に捜査員がようやくモチムネの会長と面談した部分だった。

本来なら面談は会長と捜査員だけでおこなわれる筈だが、介助員が一名、同席している。「モチムネ会長室　河本多喜夫《たきお》」というのが、その介助員の氏名だった。面談中、発言は一切していない。

同級生の河本の下の名は孝《たかし》だから別人だ。

ただ縁者である可能性は高い。確か、河本の父親もモチムネに勤務していると聞いたことがあった。ひょっとすると、この河本多喜夫がそうなのかもしれない。

だが、その河本の父親は昨年、亡くなった筈だ。葬式にはいけなかったが、列席する同級生に香典を預けたのを、川村は覚えていた。河本に限らず、親子二代、あるいは夫婦でモチムネ勤務という家族は、本郷には少なくない。

資料に当たりだして三時間後、川村はようやく阿部佳奈の同級生への訊きこみ記録を発見した。

高校、大学と、ふたつの学校の同級生あわせて十八名に、訊きこみはおこなわれた。

事故で両親を失い、妹との二人暮らしになるのが、阿部佳奈が高校一年生のときだった。

奨学金を得て大学に進学すると、阿部佳奈はすぐ、銀座の飲食店でアルバイトを始める。

最初はウェイトレスだったが、半年たたないうちにスカウトされたクラブでホステスとして勤務を開始した。そこでかなり人気を得たらしいが、大学卒業後は水商売をきっぱり辞めている。

「あった」

川村はつぶやいた。高校と大学の同級生二名の携帯電話の番号がようやく見つかったのだ。

まずは、大学の同級生だった女性の番号を、川村は呼びだした。

だが返ってきたのは「おかけになった電話番号は現在使われておりません」というアナウンスだった。

次に高校時代の同級生だという女性の番号にかけた。阿部佳奈の唯一の写真は、この女性から提供されたものだ。

今度はつながった。

「はい」

呼びだし音のあと、怪訝そうな女の声が応えた。知らない固定電話の番号からなので警戒しているようだ。

「恐れいります。私、H県警察本部の川村芳樹《よしき》巡査と申します。以前、阿部佳奈さんの写真をご提供いただいた捜査一課に勤務する者です」

一気に喋った。相手は、あっと低い声をたてた。記憶にあるようだ。

「今、ほんの数分、お話をうかがわせていただいて、よろしいでしょうか」

「佳奈、見つかったんですか？」

女性は訊ねた。

「それらしき人を見た、という情報がありました。そこでおうかがいしたいのですが、阿部佳奈さんの身長が何センチくらいだったか、覚えていらっしゃいますか」

「佳奈の身長ですか？　わたしとかわらないくらいだったので百五十五センチ前後だったと思います」

「百五十五センチ前後ですか。すると大柄ではありませんね」

「ええ。どちらかといえば、背の低いほうです。あ、もちろんその後、背が伸びたかもしれませんけど。もうずっと会っていませんから」

「そうですか。ありがとうございました」

「佳奈なのでしょうか、その人は」

パーティ会場にいた女は、決して小柄ではなかった。新宿のバーで隣りあわせたときも、身長差を感じた記憶はない。おそらく百六十五センチ程度はあったのではないか。ハイヒールをはけば身長は高くなる。どうだったのか、足もとまでは覚えていなかった。

「まだ、確かなことはお答えできません。申しわけありません」

川村はいった。昨夜から行動を共にしている佐江なら、重参の実際の身長がわかる筈だ。

礼を告げ、電話を切ると、デスクに向かっていた石井が声をあげた。

「高文盛、事件を起こしています！」

課内の注目が集まった。石井のパソコンのモニターに、新聞記事が映しだされている。

「池袋でマッサージ店摘発　中国人留学生を使い違法なサービス」

という見出しだ。日付は二十年前のもので、西池袋の雑居ビルに店舗をおく中国マッサージ店で、従業員の女性が客に性的サービスをおこなって別料金を要求していたというものだ。逮捕されたマッサージ店店長の名が、「高文盛二十八歳」とある。

「事件の背景に地元暴力団の存在もあると見て、警察はさらに捜査を進める予定だ」と記事は結ばれていた。

「同姓同名という可能性はないか」

仲田がいった。

「モチムネの資料によれば、大連光電有限公司の高文盛CEOは四十八で、年齢は一致します」

仲田は唸り声をたてた。

「資料によれば、大連光電はベトナムにも工場をもつ従業員数二万人の電子部品メーカーだ。そんな大企業の社長が、二十年前とはいえ、違法風俗の店長などやるだろうか」

「大連光電のホームページによるCEO紹介によると、二十二歳から二十八歳まで日本に留学していたとあります」

別の課員がいった。

「どこの学校だ？」

「それは記載されていません」

「警視庁の池袋警察署にこの事件のことを問い合わせます」

石井がいって電話に手をのばした。

仲田が川村に訊ねた。

「昨夜のパーティで高文盛を見たか」

「はい。流暢な日本語で挨拶をしていました」

「どんな印象だ？」

「背が高くて、いかにも成功した経営者という感じです」

「若い頃、犯罪に手を染めていたようには見えるか？」

「正直、まったくそうは見えませんでした。でももし同一人物だとすれば、日本の暴力団とつながりをもっている可能性がありますね」

「だが今や大企業の社長だ。そんなつながりなど、とっくに切れているだろう」

パーティ会場に視察団のメンバーとして殺し屋らしき中国人がまぎれこんでいたことを話したくなった。本郷駅でその男を〝回収〟した仲間もいる。それが中国人か日本人かは不明だが、あのジャンパーの男は高文盛の手下にちがいなかった。

「わかりました。ありがとうございます」

石井が礼をいって電話を切った。

「どうだった？」

「高文盛の逮捕時の写真をあとで送ってくれるそうですが、摘発を担当した生安の当時の課長が、今、池袋の副署長なので、手が空いたら連絡を下さるそうです」

その言葉が終わらないうちに石井の机の電話が鳴った。応答した石井が、仲田をふりかえった。

「池袋署の副署長です」

仲田がスピーカーホンに切りかえた。

「H県警捜査一課長の仲田と申します。お忙しいところを恐縮です」

「池袋署の佐藤です。お役に立てるかどうかわかりませんが……」

「早速ですが、二十年前の六月に摘発された西池袋の違法マッサージ店の店長についてうかがいたいのです。中国人留学生で氏名は、高文盛。高いに文章の文、隆盛の盛と書きます。

当時は二十八歳でした。ご記憶にありますか」

「覚えています」

仲田の問いに、池袋署副署長の佐藤は明快に答えた。

「当時、管内には違法サービスをおこなう中国マッサージ店が乱立しておりまして、本庁の指示もあり、三店舗を摘発しました。高文盛はそのうち近い位置にある二店舗の店長をかけもちでつとめており、ケツモチの組とも深い関係にあると我々はにらんでいました」

「ケツモチの組というのはどこですか？」

「もうなくなってしまった栄池《えいち》会という暴力団です。西池袋一帯を縄張りにしてミカジメや裏風俗、闇金融《やみきんゆう》などをシノギにしておりましたが、暴排条例で追いこまれ、五年ほど前ですか組長が廃業届をだして解散しました」

「構成員は何人ほどいたのでしょう？」

「解散時は減少しており、十四、五名でした。最盛期は三十名を超しておりました」

「そのうち高文盛とつながりのあった組員がわかるでしょうか」

「そこまでは。ただ栄池会にいた山下という組員が摘発後に刺されて死亡し、犯人はつかまっておりません。容疑者は、つきあいのあった中国人で、高が店長をつとめていたマッサージ店の従業員でした」

「従業員ですか」

「そうです。胡強《こきょう》という名の男で、店の摘発直後から行方がわからなくなっていて、ケツモチの栄池会に対し日頃から不満を洩らしていたという情報がありました」

佐藤は栄池会と胡強の表記を説明した。

「どのような不満だったのでしょうか」

「つかまるリスクをおかして働いているのは自分たちなのに、ピンハネが多すぎるといったようなことでした。店長が逮捕されているのに、栄池会から逮捕者がでなかったことにも腹を立てていたようです。それは高が口を割らなかったからなのですが」

「割らなかったのですか」

「割りませんでしたね。超然として動じませんでした。ずっと黙秘です。初犯ですから実刑にもならず、強制送還になったのを覚えています」

「口を割らなかったのは、栄池会の報復を恐れたからなのでしょうか」

仲田は訊ねた。かたわらでは石井がメモのペンを走らせている。

「いえ。割らないと決めているという印象でした。太い奴だと思いましたね。胡強は、そんな高を慕っていたようです」

「胡強のその後の消息はご存じですか」

「不明です。山下を刺してすぐ本国に飛んだのかもしれません。当時は中国の警察との関係が今ほどではなかったので、向こうの情報はなかなか入りませんでした」

「そうですか」

「高文盛について調べておられるのですか？」

「はい。同姓同名の、従業員二万人の中国企業のＣＥＯが現在当地におります」

「二万人」

驚いたように佐藤はいった。

「別人だとは思うのですが、年齢が一致します。高が通っていた学校がどこだか覚えていらっしゃいますか」

「確かＭ工大だったと思います。電子工学科でした」

仲田は川村を見た。川村は無言で頷いた。

「いや、いろいろとありがとうございました」

「いえ、お役に立てたかどうか。写真はお送りするよう手配しました」

仲田はさらに礼をいい、通話を終えた。

「写真届いてます」

石井がいって、メールで送られてきた、逮捕時の高文盛の写真をモニターに表示した。

「どうだ？」

仲田が川村に訊ねた。ひょろりとした坊主頭の男の顔が映しだされている。秀でた額と頑固そうな口もとが記憶と一致した。

「本人です。まちがいありません」

34

列車が到着する時刻の十分前に佐江は阿部佳奈を連れ、東京駅のホームに立った。グリーン車は九号車なので、その乗降口付近で待つ。

昨夜見た用宗悟志の姿は覚えている。華奢《きやしや》な体つきで、色が白かった。

「あんたは悟志に会ったことはあるか？」

「ありません。悟志が妹の死に関係していると知ったのは、妹が勤めていた店の同僚の子から手紙をもらったからです。妹の葬儀にきた人で、名前も住所も手紙にはありませんでした」

「巻きこまれるのを嫌がったんだな」

佐江はつぶやいた。

「警察は妹がひどい薬物依存で、クスリ代欲しさに体を売っていたと決めつけていました。その頃すでにいっしょに暮らしていなかったわたしは、それに反論できませんでした。手紙には、妹はそんな子ではない、クスリはつきあっていた大学生に教えられたのだと書いてありました。嫌がる妹に、自分を愛しているなら飲めと強要していたというのです」

阿部佳奈は答えた。

「その手紙は今ももっているか？」

「はい。安全な場所に保管してあります」

阿部佳奈は頷いた。差出人が特定できないと証拠にはならない。が、悟志がとことんシラを切るなら、揺さぶる材料にはなる。

列車がホームに入ってきた。停止するのを待って、二人は九号車にあるふたつの扉を注視した。

扉が開いた。用宗悟志は後部寄りの扉から降りる客の先頭にいた。紺のスーツにネクタイを締めている。すぐうしろに鞄《かばん》をもった四十くらいの男を従えていた。

佐江は足を踏みだした。

「用宗さん、用宗悟志さん」

悟志が足を止めた。驚いたように佐江を見た。うしろの男も佐江を見つめた。

「お忙しいところを恐れいります。警視庁の佐江と申します。今、少しお時間をちょうだいしたいのですが、よろしいでしょうか」

「申しわけありません。支社長はこのあとすぐ会合を控えております。明日以降に願えますか」

悟志の背後にいた男が、割りこむように進みでた。悟志は無言だ。

「用宗悟志さん、わたしは阿部美奈の姉です」

阿部佳奈が反対側から近づき、いった。悟志は大きく目をみひらいた。

「覚えていらっしゃいますよね。あなたとおつきあいしていたK女子大の阿部美奈です」

阿部佳奈が畳みかけた。

「五分でけっこうです。お話をうかがわせて下さい」

「お断りします。支社長は急いでいると申しあげた筈です」

男がいった。

「ではいつならお話をうかがえますか？　明日以降、御社にうかがいます」

佐江がいうと、男が名刺をだした。

「改めてこちらにご連絡をいただきたい」

「株式会社モチムネ　東京支社　原沢進」と、名刺にはあった。

「私は支社長の秘書をつとめております。アポイントは、まず私を通して下さい」

佐江は悟志を見た。悟志は目を合わすまいとしている。

「それでいいのですか」

阿部佳奈がいった。

「何がいいというのです？」

原沢が阿部佳奈に向き直った。

「誰かに守られ、自分の過去とは向きあわない。そうして生きていけば、なかったことにできる。そんな風に考えているのですか」

悟志の顔に動揺が走った。

「何をいっているんだ、君は。いきなり、失礼だろう」

原沢は声を荒らげた。佐江は阿部佳奈を目顔で制した。

「わかりました、けっこうです。お急ぎのところを失礼しました。改めてお話をうかがわせていただきます。　殺人事件の捜査ですので」

悟志が初めて口を開いた。

「『冬湖楼事件』がいつまでたっても解決しない責任は警察にあるのじゃありませんか」

阿部佳奈を無視し、佐江を見ている。

「『冬湖楼事件』のことをいっているんじゃありませんよ」

佐江はいった。

「え？」

「久本という知り合いがいた筈です。久本継生《つぐお》、全身に刺青《いれずみ》を入れていた」

悟志の顔がこわばった。

「心当たりがあるようですな。その久本が二年少し前事故死したのは、殺人だった疑いが浮上しているのです」

「あんた何いってるんだ？　支社長が事件にかかわっていると、いいがかりをつける気か?!」

原沢の顔が紅潮した。佐江は原沢の目を見つめて告げた。

「いいがかりじゃない。これは殺人の捜査で、お宅の支社長は、この久本という男とつきあいがあった。それを証言する人間もいる。だからこの場をしのげたからといって、二度と会わないですむと思ったら大きなまちがいだ」

原沢は息を呑んだ。

「知りません。そんな人に心当たりはない」

悟志がいった。

「わたしの妹も知らないといいはるんですか?」

阿部佳奈がいうと、悟志は首をふった。

「知りません。まったく知らない人です。いこう。失礼します」

原沢をうながした。阿部佳奈がその腕をとらえた。

「いくらなんでも卑怯よ」

「やめろ」

原沢が阿部佳奈の手を払った。

「しつこくすると訴えるぞ」

「訴えたければ訴えればいい。困るのはそちらだ」

佐江はいった。原沢は目をむいた。

「あんた刑事だろう。そんなことをいっていいのか」

「こちらはただ話を訊きたいといっているだけで、拒否しているのはそっちだ」

「じゃあなぜこんな人を連れてくるんです?」

悟志がいった。あいかわらず阿部佳奈とは目も合わそうとしない。

「こんな人? こんな人とはどういう意味ですか」

阿部佳奈がいった。

「僕にいいがかりをつけようとしているとしか思えない。あなたの妹のことなんか知らないといっている」

「いいんですな、それで。一度口にした言葉はとり消せない。亡くなった、この人の妹を知らないと、あなたはあくまでいいはるのですね」

悟志の顔はこわばった。

「あんた、どこの人間だ。所属をいえ」

原沢が携帯をとりだした。

「新宿警察署・組織犯罪対策課だ。何なら署の代表番号を教えようか」

佐江は原沢に告げた。

「組織犯罪対策課？　なんだってそんなところがでてくるんだ」

「お宅の支社長が学生時代つきあっていて、事故死した久本という男は、砂神組という暴力団の組員でクスリの売人だった。久本から支社長がクスリを買っていたことを知る者もいる」

「嘘だ！　そんなの嘘だ」

悟志がいった。

「聞いたろう。名誉毀損で訴えるぞ」

原沢が勢いづいた。

「訴えてみろ。全部明らかになる」

佐江は静かにいった。

悟志の顔が青ざめた。それに気づき、原沢の態度が変化した。

「とにかく公の場で、そんな話をしてもらっては困る。場所を考えてもらおう」

「じゃあ、いつどこへいけばいいんだ。いったように、これは殺人事件の捜査だ。逃げられないぞ」

佐江は原沢を見つめた。

「明日、私あてに電話をして下さい」

原沢が言葉を改めた。

「わかりました。必ず電話しますので、誠意のある対応をお願いします。よろしいですな、用宗悟志さん」

佐江は悟志の目を見つめた。悟志は答えなかった。唇を固く結び、無言で佐江を押しのけ歩きだす。佐江は止めなかった。原沢があわててあとを追った。

二人の姿がプラットホームの階段に消え、阿部佳奈が吐きだした。

「何という男なの。最低の奴」

「オチ、たも同然だ」

佐江はいった。

「オチた？」

「のらりくらりと取調べをかわす奴は、手間暇がかかる。怒ったり黙りこんだりするのは、自供が近い証拠だ。次に会うときは、あんたの妹との関係を認める」

「罪に問えますか」

「それは難しいだろうな。あんたがもらったという手紙以外、奴が妹にクスリを強要したという証拠はない。奴の学生時代の友人を当たっても、これだけ時間がたっていると証言があいまいだったり拒否される可能性が高い」

「泣き寝入りするしかないと？」

「いや。久本殺しにかかわった奴を見つければ、その動機の部分で用宗悟志がしたことを明らかにできる」

佐江は答えた。

「それはいったい誰ですか」

「砂神組の米田という幹部だ。あんたがフォレストパークホテルで出頭するといった日、奴は何者かをフォレストパークホテルに送り届けていた。おそらく殺し屋だ」

阿部佳奈は目をみひらいた。

「じゃあその米田という男が『冬湖楼事件』の犯人なのですか」

「米田が殺し屋を手配したのはまちがいない。が、犯人はそれを米田に頼んだ人間だ」

「誰です？　悟志ですか」

阿部佳奈は佐江を見つめた。

「悟志じゃない。奴にそんな度胸はないさ」

「じゃあ誰なんです？　その米田という人を調べればわかりますか」

「米田は極道だ。証拠もないのにいくら叩《たた》いたところで、決して口は割らない。むしろ殺し屋に逃げられるのがオチだ」

「それならどうやって――」

佐江は深々と息を吸いこんだ。

「考えはある。だが今度こそ殺し屋に狙われるかもしれない。その覚悟はあるか？」

35

ただちに捜査会議が開かれ、刑事部長出席のもと、高文盛に面談を求めることが決定した。面談には仲田以下、川村を含めた四名があたる。高文盛のスケジュールの確認を石井がおこない、来日中になるべく早く時間を空けてもらうよう要請する。

「まずはモチムネ買収工作の有無の確認だ。事実なら、誰を対象にどの程度株譲渡が進んでいるのかを調べる。そしてそれに対してモチムネ側の対応があったのかなかったのかを、高文盛側に確認するんだ」

仲田がいうと、高野が口を開いた。

「その際、留意してもらいたいことがある。高文盛が水面下で買収工作を進めていたなら、その事実がモチムネ経営陣全員に伝わっていたかは重要だ。もし今でも進めていて、伝わっていないと高文盛側が主張するなら、警察からモチムネ経営陣にそれが伝わったというようなことはあってはならない。企業買収は犯罪ではない。警察による情報漏洩で万一モチムネの買収が失敗したとなれば、高文盛側が問題視してくる可能性がある」

仲田が高野を見た。

「高側による買収工作が事件と関係あるとすれば、ほしの動機は買収の阻止だった可能性があります。そしてそうであるなら、モチムネの経営陣全員に買収工作の存在は伝わっていたと考えられますが」

「買収工作の存在を知っているのがほしだけだったという可能性もある。秘密裡《ひみつり》に阻止しようと殺害を企てた。我々の動きによって買収工作の存在が明るみにでるようなことがあれば、ほしの絞りこみに支障をきたすかもしれない。その上、高側が損害をこうむったと主張してきたらどうなる？　経済的なだけでなく日中の政治的な問題に発展するかもしれない」

高野がいうと、仲田の顔はこわばった。

高野は会議室を見渡した。

「過去に逮捕された経歴があるとしても、現在の高文盛は、中国有数の企業の経営者であり、モチムネと業務提携をおこなっている。質《ただ》すことは質さなければならないが、侮辱したり犯罪者扱いをすることがあってはならない。高文盛が事件に関与しているという明らかな証拠が得られない限り、慎重に接触してもらいたい」

本郷駅で襲ってきたジャンパーの男の話が川村の喉もとまでこみあげていた。視察団の行進に加わっていたからには、高文盛と無関係な筈はないのだ。

だが、二人が話す姿を、川村は見ていない。行進にまぎれこまれただけだと主張されたら、そこまでだ。

それに何より、高文盛との面談をとりつけられるかどうかだ。

会議が終わると、出席者の大半が課に戻った。石井は早速、電話を始めた。川村は携帯を手に、部屋をでた。皆の前で佐江に電話をかける勇気はなかった。スパイだと思われるかもしれない。

人目につかない場所から佐江の携帯を呼びだした。佐江はすぐに応えた。

「今、大丈夫ですか」

「ああ、飯を食ってるが。トンカツだ」

川村は思わず目を閉じた。人がこんなに苦労しているのに。

「重参もいっしょですか」

「重参はエビフライだ」

「のんきだな」

思わず息を吐いた。

「で、頼んだ件、どうなった？」

「高文盛は二十年前に、風営法違反で池袋署に逮捕されています。違法マッサージ店の店長をしていたんです。ケツモチは、栄池会という組でした」

「潰れてなくなった組だ」

「ええ。当時、取調べをおこなった人の話では、一切黙秘し、ケツモチとの関係を吐かないまま送還されたそうです」

「まちがいなく本人なのか」

「逮捕時の写真を見ました。まちがいありません。M工大の電子工学科の留学生でした。それからもうひとつ。栄池会の組員を刺殺したと思われる中国人が逃げています。胡強という名で、高のことを慕っていたようです」

「そいつの写真は？」

「え？」

「その胡強って男の写真はないのか」

「いえ、ありません」

「しっかりしろ。そいつがジャンパーの男だったかもしれん」

川村は思わず目をみひらいた。そこまで考えが及んでいなかった。

「すぐに問い合わせます」

「あと、もうひとつの件はどうだ？」

もうひとつ？　と訊きかけ、阿部佳奈の身長の件だと気づいた。

「確認しました。高校時代ですが、百五十五センチだそうです」

「もう一度」

「百五十五センチです。どちらかといえば小柄のほうだと」

佐江は黙った。

「もしもし」

「わかった。また連絡する」

「ちょっと待って下さい！　いつ出頭させるんですか」

「二、三日じゅうだ」

「佐江さん！　捜査本部は高文盛と面談して、買収計画について訊きこむことになっています」

「それはいつだ？」

「高のスケジュールしだいです。それで悟志には会えたのですか？」

「会った。妹のことなどまるで知らないとシラを切りやがった。だが次に会うときは全部吐かせてやる」

「いつ会うんです？」

「悟志のスケジュールしだいだ。高文盛ほど手間はかからんさ」

「やりすぎないで下さい。刑事部長は、買収計画の存在が警察からモチムネに伝わったら、高が大問題にするかもしれないと危惧《きぐ》しています」

「ほし以外は知らないという前提ならな」

「そうです。でもそう考えると、やはりほしは、会長か社長しかありえませんよ」

「俺もそう思えてきた。ただもしそうなら、買収計画の存在を明らかにして、株を売らないよう命じればすんだことだ。株主はすべて身内なのだからな。逆らうようなら株主から外すこともできたと思うんだが」

「だからこそ、買収に応じる人たちはいまだに口をつぐんでいるんです。株をとりあげられたら、元も子もない」

女の声がいった。阿部佳奈のようだ。

「聞こえているんですか?」

驚いて川村はいった。スピーカーホンにしているのか。

「俺の話を聞いて、黙っていられなくなったみたいだ。お前の声は聞こえていない」

川村は思わず小声でいった。

「重参、百五十五センチより身長がありますよね」

「まちがいなく、ある」

「どうなっているんです?」

「また連絡する。そちらも新たにわかったことがあれば、連絡をくれ」

佐江はいって電話を切ってしまった。

「佐江さ――」

川村は目を閉じた。

悟志はシラを切ったと佐江はいった。そして次に会うときは全部吐かせてやる、とも。

新宿で極道に対したときの佐江を思いだした。おそらく激しく締めあげるにちがいない。

その場にいたいような、いたくないような、複雑な気持ちだ。

携帯が鳴った。河本からだ。苦情の電話だろうか。悟志が佐江に会ったことを知らせたのかもしれない。

「はい、川村です」

「河本だよ。支社長の件だが、どうなった？」

「どうなった、とは？」

「支社長に東京の刑事は会ったのか？」

「聞いていないのか」

「訊けるわけないだろう。こっそりスケジュールを教えたのがバレる」

川村はほっと息を吐いた。

「会うには会ったが、思ったほど情報は得られなかったようだ」

「そうか」

また会いにいくぞ、という言葉を川村は呑みこんだ。

「電話したのは別の件だ。視察団の団長のスケジュールを県警が調べているらしいと聞いたのだが、本当か？」

「本当だが詳細は教えられない」

河本は唸り声をたてた。

「まさか高さんを疑っているのじゃないだろうな」

「高さんの何を疑うんだ？」

「県警が動くといったら『冬湖楼事件』以外ないだろう」

「それについても答えられない」

「何だよ、人に訊くばかりで、自分は何も教えず、か」

「すまない。だが三年も逃げ回っていたほしを挙げられるかもしれないんだ」

「本当か?!」

「ああ」

「事件のことは社内ではタブーだ。一切、誰も触れない」

「そうなのか」

「複雑な気分だ。犯人にはつかまってほしいが、つかまればまたマスコミが事件のことを騒ぎたてるだろう。企業イメージの回復がたいへんだ」

社長室にいる河本らしい危惧だった。

「確かにそうだろうな」

もし会長か社長が犯人だったら、イメージどころではないだろう。河本に同情する気持ちが生まれた。

「犯人逮捕が近いときは、前もって教える。準備できるだろう？」

「そうしてくれたら、すごく助かる」

「ただし絶対に秘密だ。俺がクビになる」

「もちろんだ。ありがとう」

電話を切り、川村は再び息を吐いた。河本は、モチムネ経営陣にかけられた疑いも、高文盛によるモチムネ買収工作についても知らないのだろう。この先、捜査がどう展開しようと、たいへんな思いをするのはまちがいない。

逮捕の直前に知らせるくらいはしてやってもいい。もちろん犯人の正体まで教えることはできないが。

河本からまた情報を引きだすためにも、それくらいの妥協はすべきだ、と川村は思った。

36

川村との電話を終え、佐江は向かいにすわる女を見つめた。

東京駅八重洲口に近いトンカツ屋だった。ランチタイムが終わると、混みあっていた店から客の姿が消えた。

ほうじ茶を湯呑みからすすり、女はほっと息を吐いた。

「何だか不思議な気分です。刑事さんと、こんな風にご飯を食べているなんて」

「だろうな。俺も不思議だよ。目の前にいる女は、何者なのだろう、と」

女は目をあげた。無言で佐江を見つめる。

「阿部佳奈の身長は百五十五センチだそうだ。あんたはそれより十センチは高い」

佐江は告げた。

「何者なんだ？　阿部佳奈ではないとすれば、いったい何が目的なんだ？」

「何者かはさておき、目的は『冬湖楼事件』の犯人をつかまえることです」

女は佐江から目をそらさずに答えた。佐江は息を吸いこんだ。

「何者かという質問の答えは？」

女は茶を飲み、目をそらした。トンカツ屋の外の景色を見やり、いった。

「阿部佳奈の身代わりができる人間です」

「それじゃ答えになっちゃいない。あんたの目的が『冬湖楼事件』の犯人をつかまえることだとしても、出頭すれば、あんたが偽者だというのはバレる。そうなったら、これまでのあんたの話はすべて信憑性《しんぴょうせい》を失う。犯人逮捕は不可能になる」

女は湯呑みをおき、佐江に目を戻した。

「わたしの話は嘘でしたか？　わたしの話に基づいて進めた捜査は、すべて空振りでした？」

まっすぐな視線に佐江はたじろいだ。この女は、自分の行動に疑いを抱いていない。阿部佳奈を装ったのは、信念に基づく行動だ。

「いや。ことごとく、あんたの話を裏づけるものばかりだった」

佐江が答えると、女は小さく頷いた。

「わたしが阿部佳奈であるかどうかより、『冬湖楼事件』の真実を明らかにするほうが重要です。ちがいますか」

「ちがわない。だがあんたが偽者だとわかれば、真実がどこにあるのか、見極めるのは難しくなる」

「わたしが偽者でも、わたしの話が嘘ではないのを、佐江さんはご存じです」

佐江は息を吐いた。

「あんたは俺を共犯にする気か」

「何の共犯です？」

「あんたを偽者と知りながら、その話をもとに捜査を進めさせようとしている。いわば囮《おとり》捜査だ」

女は微笑んだ。

「囮捜査。おもしろいたとえです。どんなときに囮捜査はおこなわれるのですか」

「薬物犯罪の摘発だ。クスリが欲しい客のフリをして売人に近づいたり、逆に大量のクスリがあるから買わないかともちかける。相手がのってきて、クスリや金を用意したら逮捕する。それもただつかまえるだけでなく、金の流れや相手の組織を解明するのが狙いだ」

「では、ぴったりですね」

「ぴったり？」

「『冬湖楼事件』にかかわっている人間たちを暴くことができます」

佐江の問いに、女は答え、つづけた。

「それまではわたしを阿部佳奈として扱って下さい」

佐江は女を見つめた。女は動ずることなく見返してくる。

「何者なんだ」

女は微笑みを浮かべた。

「それより、どうやって悟志を追いつめるのか教えて下さい」

佐江は黙った。この女の〝芝居〟につきあうべきか。職を失うのは恐くない。恐くはないが――。

「あんたの正体を知らずに共犯者になれというのか」

「わたしが誰なのかは、たいした問題ではありません。重要なのは、わたしが阿部佳奈を演じられるだけの情報、それも真実の情報をもっていることではありませんか？　それとも佐江さんは、わたしが偽者だとわかったときに責めを負うのが恐いのですか」

「そんなことは何とも思っちゃいない。クビになったってかまわない。だがコケにされるのはごめんだ。あんたの嘘を見抜けず踊らされた間抜けだと思われるのが、嫌なだけだ」

「クビよりプライドですか？」

「いったろう。警官てのは、何よりメンツなんだ。俺も例外じゃない。偽者とわかってあんたと組み、それでほしが挙げられるなら、おもしろい話だ。だがふり回された挙句、何も手に入らないというんじゃ、やってられない」

「ではわたしが何者かという質問以外なら、お答えします。答えられる範囲で」

女は涼しい顔でいった。

「本物の阿部佳奈をあんたは知っているのか」

女は頷いた。

「知っています。ある時期、いっしょに暮らしていたといってもいいでしょう」

「どこでだ」

「そのヒントは今朝さしあげました」

「海外か」

「中国です」

「阿部佳奈は今も中国にいるのか」

女はつかのま黙った。

「いる、ということにしておきます」

その目に痛みが走ったのを、佐江は見た。

「生きていないのか」

女はそっと息を吐きだした。

「わたしが現れなければ、阿部佳奈が現れることはなかった。それが答えです」

佐江は息を吐いた。

「あんたはモチムネの関係者なのか」

「ちがいます。そうなら、あのパーティ会場にいったりはしません」

「『冬湖楼事件』の犯人の名を、あんたは阿部佳奈から聞いているのか？」

女は首をふった。

「彼女も犯人の正体は知りませんでした。つきとめる方法は自分が出頭する以外にないと考えていました。でも、ただでていっただけでは犯人をつきとめることはできない。工夫をする必要がある、とわたしは思ったんです」

「犯人をつきとめる以外に、あんたが阿部佳奈を演じる理由はあるのか」

女はつかのま佐江を見つめ、

「あります」

と答えた。

「それは何なんだ？」

「今は答えられません。わたしが何者かということにつながってきますので」

「野瀬由紀とは中国で知り合ったのだな」

女は頷いた。

佐江は息を吐いた。訊きたいことは山ほどある。が、すべては女の正体が何者かにかかわってくる。

「恐くないのか」

女は首を傾《かし》げた。

「阿部佳奈を演じれば命の危険がある上に、逮捕される可能性も高い」

「それは恐くありません」

「なぜ恐くない？」

「危険をおかさなければ、目的を達せないからです」

「その目的のために阿部佳奈を演じるのか」

「はい」

佐江を見つめ、女は答えた。

「あんたは自分が偽者だと見抜かれない自信があるのか。いいかえれば、犯人は本物の阿部佳奈を知らないと思っているのか？」

「知らない筈です」

佐江は黙った。

「わたしが何者で、なぜ阿部佳奈を演じているのかは、犯人がつかまれば明らかになります。

でもそれまでにわたしが殺されたら、犯人の正体と同じでわからずじまいになる。佐江さんには、これからもわたしを守っていただかなくてはなりません。わたしたち二人の目的は一致しています」

佐江は首をふった。

「俺をだましてきたのを認めた上で、これからもいう通りにしろ、というのか。ムシのいい話だ」

「佐江さんをだましたことはあやまります。でも裏切ったつもりはありません」

「利用はするだろう？」

「それはお互いさまです。犯人をつかまえるために、偽の阿部佳奈を利用するのですから。そのことによる危険を、わたしは覚悟しています」

佐江はあきれた。

「あんた、いい度胸をしているな」

女は微笑んだ。

「佐江さんがいなかったら、こんなに平然とはしていられなかったでしょう。佐江さんは、本当に野瀬さんがいう通りの人です」

「あまり買いかぶらないほうがいい。俺は、ただのくたびれたデカだ」

女の笑みは消えなかった。

「わたしたちはいいコンビですよ。ほんの何日間かで、これまでわかっていなかった『冬湖楼事件』の謎をいくつも明らかにしました」

「よしてくれ」

「納得していただけたら、佐江さんの作戦を話して下さい」

「納得はできないが、今さら、あんたも事件も放りだすわけにはいかない。こうなれば、あんたというカードをとことん使う以外に道はなさそうだ」

「どう使うのです？」

「砂神組があんたを的にかけざるをえないように仕向ける」

女の表情はかわらなかった。

「その方法とは？」

「それをずっと考えていた。砂神組の米田が口を割らないとすれば、米田に殺し屋の手配を頼んだ人間を揺さぶる他ない。砂神組とモチムネをつないだのは、久本への口止め料だ。そしてその口止め料を払っていたのは会長だ」

「会長を疑っているのですか。わたしはちがうと思っています」

「根拠は会長からもらった手紙か？　だがあんたがパーティに現れることを中国人の殺し屋

は知っていた」

佐江が告げると、女は黙った。

「会長が犯人でないとしても、犯人は会長のすぐ近くにいる。社長か、あるいは別の誰かか」

「そうですね」

女は佐江を見た。

「会長とわたしが二人きりで会う、というのはどうでしょうか。そこにまた殺し屋が現れたら、今度こそつかまえるんです」

「それしか方法はないと思う。だが、砂神組と中国人の殺し屋と、両方に狙われることになるかもしれん」

「異存はありません。目的を果たせるなら」

女はいった。

37

高文盛と県警捜査員の面談は、その日の夕方におこなわれることになった。高文盛がモチムネ関連施設の視察を終え、H市で開かれるモチムネ幹部との夕食会までのわずかな時間をあてるという。

場所は県警本部。高文盛は、県警側の要請をうけ、モチムネ関係者を同行させない十分間だけの面談を了承した。

午後五時過ぎ、県警本部の前に止まった車から、高文盛ともうひとりの男が降りた。川村は本部の玄関前で二人を迎え、案内した。

応接室に通すと、待っていた仲田が立ちあがった。

「お忙しいところに無理をお願いし、たいへん申しわけありません。私は課長の仲田と申します」

「高文盛です。警察の方から電話をいただいたときには驚きました。しかもモチムネの人抜きで会いたいといわれて。でもすぐに気がつきました。三年前の事件のことですね」

高は緊張したようすもなくいって、仲田の手を握った。同行した男を示す。

「彼は大連光電の日本担当役員の星《シン》です」

高より年上の五十代半ばに見える。ジャンパーの男ではない。

「星です。よろしくお願いします」

星も流暢な日本語を喋った。

「お時間もないことですし、早速、お話をうかがわせて下さい」

仲田がいうと、高は頷いた。石井がコーヒーを運んでくる。会話を録音するＩＣレコーダーを応接室にはしかけてあった。

「高さんがおっしゃるように、三年前に起こった事件に関することです。高さんは事件のことをどこでお知りになりましたか？」

「大連です。東京支社にいる大連光電の社員から聞きました。大西副社長とはとても親しくしていたので、びっくりしました」

「大西さんは現在も昏睡中です」

仲田がいうと、高は頷いた。

「痛ましいことです。亡くなられた他の方もモチムネにはとても大切な人たちだったと聞きました」

「その大西さんがおもちだったモチムネの株を高さんが譲りうけようとしていたという情報を、つい最近我々は入手したのですが、それは真実ですか？」

川村は高を見つめた。高は表情をかえることなく答えた。

「なるほど。モチムネの人とくるなとおっしゃったのは、それが理由ですね」

「そうです。高さんがもしモチムネの買収を考えておられるとしたら、その障害になってはならないと考えました」

「ご配慮を感謝いたします。確かに私は三年前、モチムネを買収することを計画しておりました。ですが、大西さんを含む、譲渡を予定して下さっていた何人もの方と交渉ができなくなったことで、計画を中止しました」

「すると買収はあきらめられたのですか」

「いえ。完全にあきらめてはおりません。しかし時期を見ようと考えたのです。あのような悲しい事件が起こり、しかも犯人もつかまっていないのに買収計画を進めるわけにはいかないと判断したのです」

「その計画をモチムネの経営陣の方はご存じなのでしょうか」

「知っている人と知らない人がいます」

「知っている方の名を教えていただけますか」

「大西さんと亡くなられた新井さんはご存じでした」

「それ以外の方はどうです？　株の譲渡を予定されていた他の株主もいらしたのではありませんか」

高は頷いた。

「はい。でもその方がたの名を申しあげるわけにはいきません。契約に伴う守秘義務があるのです」

高は答えて、かたわらの星を見た。星が口を開いた。

「裁判所の令状がない限り、その守秘義務は守られます。もし守らなかったら大連光電は損害賠償させられます」

仲田は息を吐いた。

「なるほど。その契約が生きている限り、買収計画も生きている、と。そういうわけですか」

「そうお考えになってかまいません」

「『冬湖楼事件』について、何か思いあたることはありませんか？」

訊ねた仲田を、高は正面から見つめた。

「三年前の私の買収計画が、事件に関係あるというのですか？」

「そこまでは申しておりません。ですが手がかりが乏しく、少しでも事件に関する情報を得たいのです」

仲田が答えると高は頷いた。

「確かにあの事件がなければ、私は買収計画を進めていたかもしれません。犯人は、買収をやめさせようとした人間です。つまり私ではない」

「高さんを疑ってはいません」

　高はにっこり笑った。

「それはよかった」

「日本語がたいへんお上手ですが、日本にいらした期間が長いのですか」

「調べたのでしょう。私は日本に留学していました」

「それではお訊きしますが、東京の池袋で事件に関係されたことがありますね」

　高は笑みを消した。

「たいへん後悔しています。私はお金が欲しかった。お金が儲かる仕事だからといわれ、あの店を手伝ったのです。警察につかまるようなことをしているとは思いませんでした」

「お金が儲かる仕事だとあなたにいったのは誰ですか」

「中国人留学生の友人です」

「何という人です？」

「リャンといいました。ずっと会っていません」

「胡強というお友だちを覚えていらっしゃいますか」

　メモに書いた字を仲田は見せた。高は首を傾げた。

「フーチィアン……。知りません」

「高さんが勤めておられたマッサージ店にいた人です」

「中国人は何人もいましたし、お店も一軒ではありませんでした。会ったことはあるかもしれませんが、覚えていません」

高は首をふった。

「そうですか」

高は時計を見た。

「他に何かありますか」

「いえ。ご協力ありがとうございました。こちらにはいつまでいらっしゃいますか」

「明日です。明日、東京に移動して、それから京都を回り、大阪から大連に戻る予定です」

高は答えた。

「承知しました。お忙しい中を感謝いたします」

立ちあがった高と仲田は握手を交わした。川村は高を玄関まで案内した。待っていた車に高と星は乗りこんだ。

車を見送っていると携帯が振動した。佐江だ。

「はい」

「そちらの状況はどうなっている？」

川村は、たった今高文盛の事情聴取が終わったことを告げた。

「高のようすは？」

「落ちついたものでした。事件は、モチムネの買収を阻止したい人間が起こしたのだろうから、自分は犯人ではないとまでいいました」

「昔の一件についちゃどうだ」

「認めました。報酬に目がくらんでやったが後悔している、と」

「行方のわからない仲間についてはどうだ」

「覚えていないそうです」

「都合のいい記憶力だな」

「自分もそう思いましたが、つっこむわけにもいきませんでした」

「高のこのあとの予定は？」

「明日東京にいき、それ以降は関西を回るそうです」

「それもモチムネがアテンドするのか？」

「わかりませんが、大連光電には東京支社があるようなので、そちらかもしれません」

「東京支社？　所在はどこだ」

「調べてメールします」

電話を切り、川村は一課に戻った。仲田が課員に面談のもようを説明している。

「高文盛は『冬湖楼事件』とは無関係だといった。実際は不明だが、それが嘘だとしても崩すのは簡単じゃない」

「確かに動機がありませんね。事件のせいで買収計画はストップしたのですから」

石井がいった。

川村はパソコンで大連光電のホームページを調べた。東京支社は神田《かんだ》にある。住所と電話番号を佐江にショートメールで送った。

「川村」

仲田が呼んだので、

「はいっ」

思わず立ちあがった。

「佐江さんとはどうなっている？」

「今、連絡をとろうとしていたところです」

「お前、何だかこそこそ動いていないか」

石井がいった。

「そんなことはありません。佐江さんは重参を追っているのだと思います」

「重参は本郷で出頭するのじゃないのか。そうしろといったのは佐江さんだろう」

「そうですが、砂神組のこともあるので東京にとどまっているようです」

苦しいいいわけとわかっているが、そうとしかいえない。

「佐江さんに、重参との状況を確認します」

川村はいって、携帯を耳にあてた。

「佐江だ」

すぐに応えがあった。

「今、一課からかけています。そちらの状況はどうなっていますか」

皆に聞かれているとわかるように、川村はいった。

「重参と連絡がとれ、出頭の手順を決めたところだ。重参は近いうちに本郷入りする。一度本郷に入ろうとしたが、警察の検問にあって引き返したようだ。俺に会う前に拘束されると考えたらしい。検問を解いてもらえないかといってきたが、それは無理だろうな」

川村がスピーカーホンを使っている可能性も考えてか、佐江はいった。送話口を手でおさえ、川村は佐江の話を仲田に伝えた。

「それはできない。申しわけないが、そこまで佐江さんと重参を信頼はできない。これまでもさんざん我々は重参にふり回されてきたのだからな」

厳しい表情で仲田はいった。

「無理だそうです」

「だろうな。俺も本郷に戻ることにする」

「東京で何かわかりましたか？」

「目ぼしいことは何も。そっちはどうだ」

「高文盛と面談をおこないました」

そのことは少し前に話したばかりだが、一課の人間の手前、初めて話すかのように川村はいった。

「内容は？」

「それはこちらにこられてからお話しします」

わざというと、仲田が頷いた。

「それでいい」

川村の〝芝居〟に気づいたのか、佐江がいった。さっきは訊けなかった、重参の正体について知りたい。が、その問いをここで口にするわけにはいかなかった。

「いつ本郷に戻られます？」

「今夜中には戻る。明日は県警に顔をだす」

「課長が話したがっています。どうかよろしくお願いします」

告げて川村は通話を終えた。

「結局、何の役にも立ってないじゃないか」

石井がいった。本当のことをいえば仰天するだろう。がそうなったら、川村は一課にいられなくなる。

望んだ結果とはいえ、激しいストレスを感じずにはいられなかった。自分が知るすべての事実を、課長や石井たち同僚に話せる日はくるのだろうか。

くるとすれば、犯人をつかまえたときだ。

川村は大きく息を吐いた。

「重参は出頭する気なんてないのじゃないですかね」

石井がいった。

「じゃあ何のために連絡をしてきたのですか？　重参の話がなければモチムネの乗っ取り計画を知ることはできませんでした」

思わず川村はいった。

「それはそうかもしれないが、当の本人は姿を見せず情報を小出しにしているだけだ。出頭して本格的な取調べにあったらマズいことがあるからじゃないのか」

阿部佳奈が偽者なら、それは十分に考えられる。川村は沈黙した。

「仮に重参が本ぼしでないとしても、このまま姿を現さずに事件解決できると考えているのじゃないだろうな」

「さすがにそれはないですよ」

いい返したものの、声に力はない。

「だったらなぜさっさと出頭しない？　たとえ検問でつかまっても、ここにくるのはいっしょなんだ」

「それはおそらく我々が信用できないからだ」

仲田がいった。

「信用できないのは我々とは限りませんよ。どこから情報が洩れたかなんてわからない」

石井は頬をふくらませた。

「とにかく待とう。君の気持ちもわかるが、川村のいうように、重参からの連絡以降、新事実がいくつも見つかったのはまちがいない」

仲田はいって、川村に目配せした。

「ちょっと」

仲田に伴われ一課をでた川村は、使っていない部屋で仲田と向かいあった。

「我々に隠していることはないか」

仲田はいきなり訊ねた。

「さっき玄関のところでお前が電話しているのを見た。高文盛を見送ったあとだ。あのときも佐江さんと話していたのじゃないのか」

川村は言葉を失った。仲田は川村の目をのぞきこんだ。

「お前が佐江さんに心酔しているのはわかる。だが、H県警の人間だというのを忘れてもらっては困る。石井はそんなお前にいらだっているんだ。決してお前が憎くてあたっているのじゃないぞ」

「もちろん、わかっています」

「じゃあ何を隠しているんだ」

無理だ。これ以上黙っていることはできない、と川村は思った。

38

「限界だな」

電話を切り、佐江はいった。神田に向かっている最中に川村から電話が入り、覆面パトカーを止めて話していたのだった。

「何が限界なんです？」

女が訊ねた。

「川村だ。あんたが俺と行動を共にしていることをこれまで秘密にしてきた。が、あいつもH県警の人間だ。ずっとは黙っていられない。あいつ自身が警察にいられなくなる」

「では、用宗悟志からの抗議がまだきていない、ということですね」

いわれて気づいた。悟志は、佐江が「阿部佳奈」といっしょにいることを知っている。東京駅での強引な接触に対して、H県警に抗議があっても不思議はない。川村はそれについて、二度の電話で何もいっていなかった。

「確かにそうだな」

佐江はいって、東京駅で原沢から受けとった名刺を見つめた。モチムネ東京支社は、大連光電の東京支社と同じく神田にあった。そこでふたつの支社のようすを探ろうと向かっていたのだ。

「うしろ暗いからこそ抗議をしてこなかった。抗議をきっかけに過去の悪行がバレるのを恐れたんです」

女はいった。

「あんたは阿部佳奈の恨みも受け継いでいるのか」

「同じ女として、いえ、人間として用宗悟志のした行為は見過ごせません。法的にはともかく、社会的には制裁をうけるべきです」

佐江は覆面パトカーを発進させた。大連光電の東京支社が内神田《うちかんだ》、モチムネ東京支社は神田小川町《おがわまち》で、同じ神田といっても少し離れている。

先に到着したのが、内神田の大連光電東京支社の入るビルだった。飲食店とオフィスビルが交じる雑然とした一画にある。決して大きいとはいえない雑居ビルの四階だ。

夕刻を迎え、あたりは人通りが多い。JR神田駅が近く、そこへ向かう者と飲食を目的にそこをでてくる者がいきかっているのだ。

佐江は少し離れた位置に車を止め、助手席に女を残して雑居ビルに近づいた。ビルの入口が見える位置にきたとき、そこからでてくる男の姿が見えた。紺のスーツに白いシャツを着け、ネクタイはしていない。

佐江は足を止めた。歩きだした男の姿は、あたりをいく同じような服装の人々の波に呑まれた。

パーティ会場で女を襲おうとしたジャンパーの男だった。それがスーツを着て、神田にいる。

男が近くにとどまっていないことを確認し、佐江は雑居ビルに近づいた。玄関をくぐり、エレベータで四階に昇る。

ビルは古く、廊下にはすりガラスをはめこんだ木製の扉が並んでいて、いかにも昭和の遺物といった建物だ。

「大連光電有限公司　東京支社」という文字がすりガラスに書かれた扉があった。すりガラスの内側は暗い。

試しに扉のかたわらにあるインターホンを佐江は押した。呼びだし音が鳴るのは聞こえたが、応える者はいない。ドアノブを回したが、鍵がかかっていた。

佐江は扉の前を離れた。隣の扉は「井内《いうち》会計事務所」と書かれ、明かりが点っている。インターホンを押し、佐江は扉を引いた。

二人の男とひとりの女がパソコンに向かう事務所だった。

「お忙しいところを恐れいります。私、警視庁の者です」

身分証を提示し、佐江はいった。扉に一番近い席にいた女が立ちあがった。

「何でしょう？」

「お隣の事務所について、ちょっとうかがいたいのですが」

「隣？　中国の大連光電さんですか？」

「そうです。何人くらいお勤めなのでしょう？」

女は他の男たちと顔を見合わせた。

「四、五人でいらっしゃると思います。よく見かける方は、そのくらいですね」

「人の出入りは激しいですか」

「いいえ、静かですよ。いつも夕方には事務所を閉めて帰られますし」

「先ほど下で、紺のスーツに白いシャツを着た男性とすれちがいました。ちょっと角ばった顔の四十代半ばくらいの男性ですが、お隣の方ですかね」

「角ばった顔……。髪を短く刈っている？」

「そうです」

「ああ、ソンさんですね」

「ソンさん？」

「松竹梅の松と書くんです。大連光電の方です。日本語がとてもお上手で」

「ソンさんは、ずっと隣にお勤めなのですか」

「大連光電さんが隣にこられたのは四年前ですけど、そのときにはいらっしゃいましたね」

「どこに住んでおられるとかはご存じありませんか」

「さあ、そこまでは。お会いしたら挨拶をするくらいですので」

佐江は他の男たちを見回した。心当たりがあるような顔はなかった。

「そうですか。失礼いたしました。あ、このことは、お隣の方にはご内聞に願います。お忙しいところ、ご協力を感謝します」

告げて、扉をくぐった。

覆面パトカーに戻ると、待っていた女が訊ねた。

「何かわかりました？」

「あんたをパーティ会場で刺そうとした男がいた」

「え？」

「大連光電の社員らしい」

女は黙っていたが、いった。

「だからパーティ会場にいたのですね」

「そういうことだな。ふつうのサラリーマンのような服装をして歩いていったよ」

佐江はいってエンジンをかけた。今度はモチムネの東京支社だ。

モチムネの東京支社は、大連光電と異なり、銀行などがテナントの大きなビルに入っていた。佐江はビルに面した大通りにハザードを点した車を止めた。

原沢の名刺によれば七階にモチムネは入居している。

「待っていてくれ」

覆面パトカーを降りようとした佐江に、

「わたしもいきます」

と女がいった。迷ったが、佐江は頷いた。

大連光電とちがい、モチムネの東京支社を訪ねるのに危険があるとは思えない。それに用宗悟志はもう支社にいないだろう。訪ねるのは、支社まできたというプレッシャーを悟志に与えるのが目的だ。

二人でビルの玄関をくぐり、エレベータで七階まで昇った。エレベータホールにガラス扉があり、上品な書体でモチムネと書かれている。その内側に受付が見え、人の姿はない。

佐江はガラス扉を押した。鍵がかかっていた。原沢の名刺にある、モチムネ東京支社の電話番号に、携帯からかけると留守番電話が応答した。

「どうやら業務は終了しているようだ」

背後でエレベータの扉が開いた。ふりむくと、七人の男が降りてきた。全員、顔の見えない目出し帽をかぶっている。

「何だ、お前ら」

男たちは無言だった。目出し帽以外は、スーツにネクタイという服装だ。先頭に立つ男が、上着の内側から特殊警棒を抜いた。ひと振りして、警棒を伸ばす。他の男たちもナイフやスタンガンを懐からだした。

「殺すまではしねえよ」

特殊警棒を抜いた男がいった。

佐江は女を背後に回した。

「ふざけるな。お前ら、誰を相手にしているか、わかってるのだろうな」

「知らないね。知ったとしても、やることにかわりはないがな」

男の口調は淡々としていて、プロだと佐江は直感した。金で雇われ、人を殺したり痛めつけるのを仕事にしている連中だ。どこかの組員ではなく、組を破門になったような、フリーの人間ばかりだろう。脅しがきくような相手ではない。

佐江は拳銃を抜いた。こういう連中に威嚇射撃は無意味だ。

先頭の男の目が丸くなった。

「おいおい、本物かよ」

男の足めがけて撃った。弾丸は脛《すね》にあたり、男は叫び声をあげて転倒した。

「本物だとわかったろう。次は頭にぶちこむ。どいつだ？」

佐江は拳銃を動かした。男たちは後退った。

「お前ら、誰かに雇われたのか」

男たちは答えなかった。佐江は倒れている男の顔から目出し帽をむしりとった。

まるで知らない顔だ。

「手前《てめえ》、生きて帰さねえ」

男は歯がみしていった。佐江はその襟首をつかみ、ひきずり起こした。いったん後退した男たちだったが、その場から逃げだそうとはしない。

「だったらお前も道連れだ」

男のこめかみに銃口を押しつけた。

「やってみろや。その道具に入ってんのは、せいぜい五発か六発だろうが。お前はもう一発使った。残りの弾《たま》で俺たち全員を殺《や》れるかよ」

「確かにな。だがお前だけは殺せるぜ」

目出し帽をかぶった他の男たちはひと言も発しない。それもまたプロの証だ。余分な情報を与えないことに徹している。

だがこの男がリーダー格なのは、残りが襲いかかってこないことで明らかだ。

背中を汗が伝うのを佐江は感じた。今はにらみあっているが、均衡が崩れた瞬間、こいつらは襲いかかってくる。そうなれば、拳銃に残った弾丸ではとうてい防げないだろう。まちがいなく、この場で殺される。

女を先にいかせ、目出し帽をむしりとった男の首に腕を回した佐江は、エレベータに向けひきずった。

男が喉の奥で呻《うめ》き声をたてた。

「答えろ、誰に雇われた？」

佐江は男の首に腕を食いこませた。

「知るか」

男が苦しげに吐きだした。女がエレベータのボタンを押し、到着したエレベータが扉を開いた。

女が乗りこむのを待って、佐江は男の体をつきとばした。天井に向け、二発、発砲する。男たちが伏せた。女がエレベータのボタンを押し、扉が閉まった。エレベータは下降した。佐江は大きく息を吐いた。一階に降りてさえしまえば、人通りの多い場所だ。男たちが追ってくることはない、とわかっていた。プロは人目につく場所では犯行に及ばない。

「いくぞ！」

それでも一階に到着したとたん、佐江は女の腕をつかんで走った。止めておいた覆面パトカーに乗りこみ、発進させる。数百メートルほど走ったところで、再び車を止めた。御茶ノ水駅に近い、にぎやかな一画だ。

「怪我はないか」

「大丈夫です」

「危なかった」

佐江は携帯を手にしたが、結局使わずに懐に戻した。あの連中はプロだ。おそらく床に散った血をただちにふきとり、ビルを逃げだしているだろう。誰に雇われたかを知ることはもちろん、つかまえることすら、今は難しい。

「あの人たちはいったい何だったのです?」

「誰かに雇われ、俺たちを待ち伏せていたんだ。おそらく元極道で、属していた組とは関係なく、暴力を商売にしている連中だ。モチムネの東京支社を訪ねる男女がいたら痛めつけろと命じられていたんだろう」

「悟志ですね」

「俺たちがあそこを訪ねる可能性があるのを知っていたのは、悟志と原沢という東京支社の人間だけだ」

「だったら悟志に決まっています。これ以上わたしたちに脅かされたくなかったんです」

佐江は無言だった。Ｈ県警に抗議をしなかったのは、あの連中を使うつもりだったからなのか。だが佐江たちを痛めつけるのはかえって逆効果だ。うしろ暗いことがあるからだと、誰もが考える。

「悟志だったら、痛めつけるのじゃなく殺そうと考えるのじゃないか。半端な真似をしたら、逆により調べられる。それにあの男は、俺が刑事だというのを知らなかった」

佐江が抜いた拳銃に、「おいおい、本物かよ」と目を丸くした。刑事と知っていれば、そんな言葉は口にしなかったろう。

「悟志が教えなかったのじゃありませんか。刑事とわかったら、引きうけないと思って」

「そうかもしれない。刑事とわかっていたら、あの連中ならハナから殺そうとしたろう。刑事に半端なことをすれば、必ず追いかけられるからな」

女の顔が青ざめた。

「そんなに危険な人たちなのですか」

「金だけが目当ての連中だ。組に属している人間なら、事前に痛めつける相手を調べるし、刑事を襲うことはまずない。正体が割れたら、組そのものが警察の的にかけられる」

ただ手回しがよすぎる、と佐江は思った。東京駅で用宗悟志と話してから半日足らずだ。そのあいだにあの男たちを雇い、モチムネ東京支社にさし向けるには、ふだんから裏社会の人間とつきあいがなければ難しい。

用宗悟志はそこまでずぶずぶなのか。

そうならば、用宗悟志は今も薬物と手が切れていないかもしれず、事件の見えかたはまるでかわってくる。暴力団と密接な関係をもっていて、それが砂神組である可能性は高い。

「どうやって雇ったのでしょう？」

女が訊ねた。

「極道とのパイプがなければ無理だ。ああいう奴らは一種のアウトソーシングとして暴力団に使われる。組うちの人間を使ってはマズい状況、他の組員に知られたくなかったり、警察に監視されていて動きにくいときに雇うんだ。カタギの人間がおいそれと連絡をつけられるような連中じゃない。悟志が雇ったとすれば、極道と深いつきあいがある証拠だ」

「極道と深いつきあい……。今も薬物をやっているのでしょうか」

「まず考えられるのはそれだ。だが東京駅で会った印象では、そこまで重度の依存者には見えなかった」

薬物依存者は、その期間が長びくにしたがい、より強い薬物を摂取する傾向がある。学生時代にＭＤＭＡをやっていたなら、十年以上たった今は重度の覚醒剤中毒になっていてもおかしくない。

「ひどいしゃぶ中なら、肌が粉を吹くし、瞳孔も開きっぱなしになる。体臭にも変化がでるので、見抜かれるのを恐れ、警察官には決して近づかない。悟志にはそういうようすはなかった」

佐江はいった。

「ちがうと思うのですか」

「極道とつきあいがあるとすればクスリが理由だろうが、それにしても動きが早い。東京駅で会ってから、まだ七時間もたっていない。それなのにあんな連中を動かせるとなると、悟志はどこかの組と相当深い関係があることになる」

「わたしを殺そうとした組はどうなのです？」

佐江は頷いた。

「一番に考えられるのは砂神組だ。かつてクスリを買っていたくらいだからな。砂神組に俺とあんたを痛めつけられないか相談し、組員じゃマズいからと、奴らを紹介された可能性はあるが、だとしても手回しがよすぎる」

「『冬湖楼事件』の殺し屋を悟志が雇っていたとしたらどうでしょう。そうならああいう人たちをすぐ動かせるコネをもっていて不思議はないのじゃありませんか」

女は訊ねた。

「確かにそうだろうが、動機は？　『冬湖楼事件』を悟志が起こした動機は何だ？　悟志は高文盛にモチムネの株を譲る側だ。それが殺し屋を使ってまで、モチムネの買収を阻止しようとするのか」

佐江が訊くと、女は考えていたが、いった。

「こういうのはどうです？　悟志は後継ぎです。本当はモチムネを乗っ取られたくない。でも過去の悪行を高文盛に知られ、それを材料に株の譲渡を迫られた。そこで新井さんや大西さんを殺すことで、たとえ自分が譲っても、高文盛がモチムネを乗っ取れないようにしようと考えた」

佐江は唸った。確かにそれならつじつまは合う。問題は、悟志がそこまでのワルには見えなかったことだ。

「婆さんに会う必要があるな。婆さんなら、孫について何か知っていて、それを隠しているかもしれない」

「会長ですか」

佐江は頷いた。

「わたし、会長の携帯電話番号を知っています。手紙のやりとりをしたときに、書いてありました」

女はいった。

39

「すると佐江さんはずっと重参と行動を共にしている、というのか」

仲田の言葉に川村は頷いた。すべてを話し、ほっとした気持ちと、とりかえしのつかないことをしてしまったのではないかという恐れがせめぎあっている。

仲田は黙りこんだ。

「パーティ会場で重参を襲おうとした犯人は、尾行していた自分も襲いました。佐江さんが重参を連れて逃げたのは、他に選択肢のない行動だったと思います」

「尾行中に応援を要請すれば、その男をとり逃がすことはなかったかもしれん。佐江さんと君がとった行動は、捜査妨害ともとれる」

「そんな！」

川村は仲田を見つめた。そうなったら職を失うだけではすまない。逮捕される可能性すらある。

仲田は息を吐いた。

「むろん君らが悪意でそれをしたとは、私も思わないが」

「もちろんです。重参を守り、犯人をつかまえるためです」

「重参は本当は『冬湖楼事件』の犯人を知っているのではないのか？」

仲田の問いに、川村は力なく首をふった。

「知らないと思います。自分は、直接話してはいないので断言できませんが」

新宿のバーで隣りあわせたことまでは、さすがにいえなかった。

「それで佐江さんはどうするつもりなんだ？」

「本郷に戻りたいというのは本心だと思います。ただ検問が張られているので、重参を連れてくるのが難しいのではないでしょうか」

仲田は考えていた。

「佐江さんと直接話したい」

「わかりました」

川村は佐江の携帯を呼びだした。

「佐江だ」

「川村です。課長が話したいそうです」

告げると、一瞬間が空き、

「わかった」

と佐江は答えた。

「仲田です。電話をかわりました。川村から話を聞きました。佐江さん、ただちに重参を連れて本郷に戻って下さい」

仲田は険しい表情で告げ、川村は思わず下を向いた。

仲田は佐江の言葉に耳を傾けていたが、いった。

「これ以上出頭を遅らせるようなら、あなたと川村を捜査妨害で逮捕します」

佐江の返事に仲田は顔をしかめた。

「そうはいきません。川村はあなたの共犯だ。逮捕を回避したいのなら、ただちに出頭して下さい」

佐江の返事に仲田は目をみひらいた。

「何ですって。そんなことが――」

いいかけ、黙った。佐江の言葉が途切れると、

「それはいつです？」

と訊ねた。佐江の返事を聞き、仲田は沈黙した。しばらくそうして考えていたが、いった。

「わかりました。高速のインターチェンジまで川村を迎えにやります。そうすれば検問をパスできる筈です」

川村は仲田を見た。いったい何を話しているのだ。

「これが最後です。もし重参を出頭させなかったら、あなたを指名手配します」

仲田はいって電話を切り、川村に告げた。

「佐江さんたちは今夜、戻ってくる」

「今夜？」

川村は仲田を見つめた。仲田は頷いた。

「重参とモチムネの会長が会うらしい。そこに君と私を立ち会わせるといっている」

「なぜ会長と会うのです？」

「佐江さんの話では、二人はモチムネの東京支社で襲撃をうけた。襲ってきたのはプロの集団で、悟志が雇った可能性があるそうだ」

仲田は川村を見つめた。

「死んだ久本に口止め料を払っていたのは会長だと君はいったな」

「はい」

「会長は、孫が今も砂神組とつきあいがつづいているかどうかを知っている筈だ、と佐江さんはいうのだ。あるいは、殺し屋を雇ったのは会長かもしれず、会えばそれを確かめられるだろう、と。そこに私と君が同席する」

「他の人は？」

仲田は宙を見つめた。

「一課の人間が大挙して押しかけるのはマズい。君のいう通り、高野部長はモチムネに配慮している。会長を刑事がとり囲んだなどという印象は与えないほうがいい」

「するとこの話は――」

仲田は大きく息を吐いた。

「今は君と私だけのあいだにとどめておく他ないようだ。目的は重参の身柄確保だ。それまでは、私も君の話を聞かなかったことにする」

「身柄確保後は、どうなるのですか？」

「事件の真相がどこまで解明できるかしだいだ。今夜の会長との面談の結果、これまでにつきとめられなかった事実が判明し、犯人を特定できるなら、佐江さんと君がしたことに一定の理解を得られるだろう。が、新事実もなく犯人の特定もできないとなれば、君らはいたずらに捜査を攪乱《かくらん》した責任を問われる」

厳しい言葉だった。

「そしてそれを決めるのは私ではない。会長との面談が終わったら、刑事部長、県警本部長に、私は報告する。君の処遇は、そのときに決まる」

川村はうつむいた。

「わかりました」

「君がよかれと思ってやったことだというのはわかっている。しかしH県警の人間としては、とってはならない行動だった。佐江さんは君をかばおうと、すべて自分に責任があるといったが、報告を怠ったのは君だ」

「はい」

「それでも今夜、君を迎えにいかせるのは、一課の他の者を巻きこみたくないからだ。佐江さんが重参と行動を共にしているという事実を知るのは、君と私だけにとどめたい。何かあったときに責任を問われる人間は、少ないほうがいい」

「わかります」

川村は頷いた。仲田は腕時計を見た。

「面談の時刻は、午前零時。場所は冬湖楼を会長は指定したそうだ」

「冬湖楼？」

川村は思わず顔をあげた。

「自宅に刑事や重要参考人をひき入れたくないからだろう。その時間なら、他の客もいない。最小限の従業員で対応するようだ」

冬湖楼の経営母体はモチムネだ。会長の命とあれば、どのようにもなるだろう。

「君は午後十一時に高速の本郷インター出口で、佐江さんと重参を迎え、二人を先導して冬湖楼に連れてくるんだ。私は冬湖楼で待っている。君が到着したら、インター出口の検問を解くように指示をだしておく」

仲田の言葉に川村は頷いた。だからこそ自分が迎えにいかされるのだ。一課の他の者を巻きこまないためには、検問を解いたとき、そこにいるのは自分でなければならない。

他の人間を守るため、自分は切り捨てられる。裏切ったのは自分だが、仲田のその言葉に、川村は全身が冷たくなるような気持ちだった。

40

モチムネ会長と女の電話はあっけないほど簡単に終わった。悟志のことを含め、事件の話をしたいと女が告げると、会長は「今夜、冬湖楼においでなさい」と答えたという。

「何時にうかがえばよいですか？」

「今はどこなの？」

「H県ではありません」

というやりとりのあと、

「真夜中の十二時なら、こられる？」

と会長は訊ねた。

「そんなに遅くて大丈夫なのですか」

「年寄りは寝るのが早いと思っているのね。わたしは大丈夫。遅く寝て早起きをする。いつも寝るのは午前三時くらいで、六時前には目がさめるのよ」

「わかりました」

「余分な人間はおかないようにいっておく」

電話を切ったあと、

「罠《わな》かもしれませんね」

と、女はいった。

「犯人がもし会長だったら、冬湖楼に殺し屋を呼べばすみます」

「確かにそうだな」

佐江は答えた。

「さっきの人たちでしょうか」

「それか三年前に仕事をした奴か。冬湖楼のことはわかっているだろうからな」

お茶の水を離れ、佐江は首都高速に乗った。

不測の事態に備え、本郷の近くにまではいっておきたい。それに随所にカメラが設置された高速道路で襲撃をしかけてくる者もいないだろう。

時間調整のためにサービスエリアに入ったところで、佐江の携帯が鳴った。川村からだ。その暗い声音と「課長が話したいそうです」という言葉に、佐江は状況を悟った。

案の定、川村は仲田に、起きたことを話していた。

川村を責めることはできない。だが仲田が捜査妨害による逮捕までもちだしたのは意外だった。刑事部長の高野と異なり、もう少し柔軟な人間かと思っていたからだ。

メンツを潰された怒りなのだろう。自分はともかく川村まで逮捕させるわけにはいかない。明日、女を出頭させようと考えていたが、今夜のうちに身柄を渡す以外なくなった。

電話を終え、それを告げても、女はあわてなかった。

「そうですね。いずれにしても出頭しなければならないのですから。会長と話したあとなら、かまいません」

「会長と話す前にあんたを拘束するとは思えない。事件に関する情報を、それもなかなか会うのが難しい会長からひきだすチャンスを潰すことはしない筈だ」

女は頷いた。

「犯人は会長か悟志、あるいはその共犯。佐江さんはどう思いますか」

「そう単純ならいいんだが」

「え？」

「もしそうなら、高文盛の手下が、なぜあんたを狙う？　会長や悟志が逮捕されれば、モチムネの乗っ取りを狙う人間には好都合だ。あんたに出頭してほしくない理由が高文盛にはある。あんたも、奴はただの実業家じゃないと思っているのだろう」

「はい」

女は佐江を見つめた。

「佐江さんは、高文盛が『冬湖楼事件』に関係していると考えているのですか」

「直接関与しているかどうかはわからないが、高文盛によるモチムネ乗っ取り計画がなければ事件は起きなかった。事件当日、冬湖楼でもたれていた話し合いの内容について、阿部佳奈から何か聞いていないか？」

女は考えこんだ。

「譲渡に関する話し合いが順調だったかといえば、そうではないようなことをいっていたような気がします」

「理由は？」

「金額の問題でした。大西副社長か新井さんのどちらかが、高文盛の提示した購入価格に上乗せを要求したようです。冬湖楼での話し合いは、この購入価格を交渉するためにもたれたものでした」

「交渉が決裂したらどうなる？」

「モチムネの買収は難しくなります。そうなりそうなので、高文盛が殺し屋をさし向けたというのは、どうでしょう？」

　女はいった。

「そうだとしても、代理人である上田弁護士や三浦市長までいっしょに殺す必要はない」

「そうですね」

「交渉が順調ではなかったのは、確かなんだな」

「はい。市長がくるまでには終える筈だったのが、そうはいかず一時中断した、というようなことを聞きました」

「市長が上田弁護士に会いにきたので、金額に関する交渉に結論がでなかった。そこに殺し屋が襲ってきた、と？」

女は頷いた。

「交渉が中断したので、彼女は手洗いに立ちました。その間に、殺し屋が『銀盤の間』を襲ったのです」

「そうならば、高文盛が殺し屋をさし向けたとは考えづらい。交渉が完全に決裂したのならともかく、まだ途中だったのなら、襲撃する理由がない。決裂が決定的になってから、冬湖楼以外の場所で大西、新井の両者を狙うほうがよほど簡単だ」

佐江はいった。

「するとやはり殺し屋を雇ったのは、会長か悟志なのでしょうか」

「モチムネの社長は、どういう人物だ？」

「おとなしくて、すべて会長のいいなりになる人だと聞きました」

「頼りない人物なのか？」

「モチムネが事業拡大に慎重なのは、この社長が弱気だからだと聞いたことがあります。会長はもともと亡き夫が作った会社を守りたい。息子の社長はそれがわかっているので、事業の拡大をいいだせない。いずれ先細りするとわかっていても、新しいことを始める勇気がないのだ、と」

「そうなら殺し屋を雇う度胸もない、か」

佐江の言葉に、女は頷いた。佐江は女を見つめた。

「阿部佳奈と会うのは不可能なのか」

女は無言で目をみひらいた。やがて低い声で答えた。

「彼女は亡くなりました」

「死亡した理由は？」

女は深く息を吐いた。

「一種の自殺です」

「自殺」

「絶望していたんです。中国安全部に拘束され、ずっと監禁されていました。期間は一年以上に及び、日本政府はそれを知らなかった。当然です。偽のパスポートで中国に入国していたのですから」

「拘束の理由は何だ？」

「スパイ容疑です。でも彼女は何もしていません。たまたまいっしょにいた人間が悪かったのです」

「それがあんたか」

女は小さく頷いた。

「わたしは彼女より半年早く拘束され、監禁されていました。拘束後、佳奈さんはパニックになり、食事もとらず、衰弱しました。このままでは危険だと考えた安全部が、日本人のわたしと同じ施設に監禁し交流させることで、体力をとり戻させようと考えたのです」

「うまくいかなかったのか、それが」

女は首をふった。

「いいえ、日本人との接触に飢えていた佳奈さんは、わたしとの再会に喜んでくれました。拘束される前、わたしは何度か、彼女と会っていましたから。当時彼女は、日本と中国やタイをいききする運び屋の仕事をしていました。運んでいたのは主に金《きん》で、日本で売れば消費税ぶんが利益になるのを狙った密輸組織に雇われていました。麻薬を運べばもっと金になると誘われていたようですが、妹のことがあるからそれだけは嫌だ、と断っていたそうです」

金の価格は、各国共通だ。が、日本に密輸入した金を貴金属店などに売れば、消費税を足した金額が代金として支払われ、消費税ぶんが利益となる。それを狙った密輸はあとを絶たない。麻薬とちがい、金属である金は加工が容易で探知犬に見つかることもない。

「あんたも金の運び屋をしていたのか」

「表向きはそうでした」

「表向き？」

「頻繁に中国や香港に出入りする理由として、運び屋はいい隠れ蓑《みの》になったからです。中国国内からの資産もちだしを制限されている政府高官や企業経営者は、隠し財産の移動に運び屋を使います。国内においていたら、いつ没収されるかわかりませんが、海外にプールしておけば、汚職などで追及され国外に脱出したときに役立ちます。役人は当然ですが、その役人に賄賂を渡して成長した企業の経営者も、財産の没収を恐れています。わたしは運び屋として共産党幹部と接触し、多くの情報を得ていました。その情報を買ってくれていたのが――」

「野瀬由紀か」

女は頷いた。

「もちろん個人で買っていたのではなく、野瀬さんは、わたしと外務省の窓口でした。外交官として立場が守られている野瀬さんと異なり、正体が露見したら、わたしはいつ逮捕されてもおかしくありませんし、また逮捕されたからといって、日本政府の援助も期待できません。援助は、スパイだと日本政府が認めることになるからです」

佐江は首をふった。

「死して屍《しかばね》拾う者なし、というわけか」

女は頷いた。

「それを知っているからこそ、野瀬さんはわたしによくしてくれました。仲よくなり、いろいろな話をして、その中に佐江さんとのことがありました。何かあったら頼れる人だ、と教えられました」

「だがあんたはつかまった」

「ええ。つかまった理由は高文盛です。わたしを運び屋に使っていたくせに、安全部に目をつけられると、賄賂を渡していた役人とわたしを売って、捜査の手を逃れたんです。高の密告で何人もの官僚が逮捕され、佳奈さんもその巻き添えで拘束されました」

「阿部佳奈はスパイではなかったのか」

「ちがいます。本当にただの運び屋でした。わたしと面識があったので疑われ、拘束されたんです。逮捕すれば公式の記録に残りますから、安全部は拘束し、自白するまで監禁するという手段をとりました。わたしにしたのと同じやりかたです。佳奈さんが同じ施設にきたことで、わたしも勇気づけられました」

佐江は大きく息を吸いこんだ。

「スパイだと自白すれば解放されたのか」

女は首をふった。

「裁判で死刑判決をうけ、日本政府との取引材料にされます」

「日本政府が取引を拒んだらどうなる？」

「利用できるときがくるまで、監禁がつづきます。場合によっては、一生」

佐江は息を吐いた。

「よくでられたな」

「野瀬さんが助けてくれたのです。窃盗《せっとう》罪で日本の刑務所に収監されていた中国の産業スパイとの交換でした。外務省の上司と法務省を説得し、佳奈さんの死から半年後にわたしは放免されました。それが三ヵ月前です。三年前に起こったことを、わたしは毎日のように佳奈さんから聞いていました。しかもその話に、わたしを密告した高文盛が関係していたのを知り、阿部佳奈になる決心をしました。いずれは偽者だというのはバレるでしょう。しかしそれまでにわたしが事件について知ることをすべて明かせば、佳奈さんがあんなに残酷な目にあった理由が明らかになるかもしれない。彼女を巻きこみ、死に追いやった責任者として、阿部佳奈を演じる義務がわたしにはある、と思ったのです。その準備のために、情報を集めました。わたしが最も得意とする作業でしたから」

佐江は女を見つめた。

「あんた自身はいったい何者なんだ？」

女は悲しげに微笑んだ。

「それをお話しして、何の意味があるでしょう。わたしは日本人と中国人のあいだに生まれ、ふたつの国をいききしながら育ちました。理由があって、両親はわたしの存在を公にできずにいました。結果として、わたしは日本にも中国にも自分のアイデンティティーをもてなかった。わたしは何者でもなく、何者にでもなることができる。佳奈さんを演じるのは、わたしには難しくありませんでした。思ったより早く、見抜かれてしまいましたが」

佐江は息を吐いた。

「そんな人生があるのか……」

「野瀬さんから聞いた、佐江さんの捜査に協力した毛《マオ》さんの話が印象に残っていました。それも佳奈さんに化けることを思いついた理由です」

「H県警を信用できないと考えた理由は何だ？」

「県警の歴代幹部が本郷市長に当選しているからです。当選するには、モチムネのあと押しが不可欠です。買収されているとまではいいませんが、モチムネに対する捜査はどうしても及び腰にならざるをえない。場合によっては捜査情報を洩らすこともあるのでは、と疑いました」

「それが当たったわけだ」

「フォレストパークホテルには最初からいく気はありませんでした。興信所の人間を使って状況を探ろうと思っただけです」

「元スパイなら、そんな芸当もお手のもの、か」

「犯人をつきとめる前に殺されてしまったら元も子もありませんから」

「阿部佳奈は、本当に事件に関与していなかったのか」

　女は頷いた。

「そういっていました」

「では、なぜ現場から逃げた？」

「恐かったからです。あの日、冬湖楼で交渉がおこなわれるのを知っていたのは、その場にいた人以外いない筈だった。それなのに殺し屋が襲ってきた。冬湖楼にとどまり警察に保護されても、それはずっとつづくわけではありません。買収計画のことを知っている自分は殺されるのではないか、と佳奈さんは考えたんです」

「警察にすべて話せば――」

　いいかけ、佐江は黙った。捜査にあたるのはH県警だ。犯人に自分の情報が流れるかもしれないと阿部佳奈は思ったのだろう。

　佐江の沈黙の意味を悟ったのか、女は頷いた。

「犯人の正体もわからず、警察も信用できず、彼女は逃げる他ありませんでした。その結果が重要参考人です。犯人扱いされていることがわかって絶望した、と彼女はいいました。出頭し、真実を話しても信じてもらえるかどうかわからない。それどころか、あくまで犯人として裁かれてしまうのではないか、と。逃げている身では正業には就けない。その結果、密輸組織に使われる身になったのです」

運び屋に使われる人間は二種類だ。まっとうな人生を生きてきて、当局に目をつけられたことがない者。金が目当てだ。莫大《ばくだい》な借金があったり家族の病気の治療費を稼ごうと、運び屋になる。前歴もなく、パスポートの使用頻度も低いので税関に目をつけられにくい。

もう一種類が逃亡者だ。本名を使えないので、発覚すれば逮捕を免れられない偽造パスポートをもたされる。他人になることで自分への追及をかわし、犯罪のプロとして生きる。パスポートはその都度かわるので、偽造であると見破られない限り、税関をくぐり抜けられる。

ただしどちらの場合も密輸品が発見されたら、その場で逮捕される。密輸組織のことを自白するのはたいてい前者だ。逃亡者は組織のことを吐かない。過去の罪が発覚し、長期刑を加算されても、出所後の生活のことを考えると、運び屋に戻る道を残しておきたいからだ。

阿部佳奈は逃亡のために運び屋になる道を選び、スパイ容疑で拘束されるという、さらに悪い結果を招いた。もし本当に「冬湖楼事件」に巻きこまれただけなら、運が悪かったとしかいいようがない。

「いったいどんな死にかたをしたんだ」

「食事をとらなくなり、点滴をうたれていましたがそれも自分で外し、衰弱していったんです。そうなった理由は、わたしがスパイだったことを彼女に話したからでした。自分が拘束された理由がわたしだとわかって、彼女は絶望したんです。唯一、気を許した人間のせいで、こんな目にあっていたのだ、と」

「あんたを責めたろう」

「その日からひと言もわたしとは口をきいてくれなくなり、食事もとらなくなりました。わたしへの怒りを、まるで自分の体に向けているようでした。わたしはあやまり懇願しましたが、受け入れてもらえませんでした。彼女に食事をとってもらおうと、わたしも絶食しました。すると別々の施設に移されてしまったのです。このままでは共倒れになると考えた、安全部の差し金でした。絶食の意味はなくなり、やがて佳奈さんが亡くなったことを、わたしは知らされました。それを聞いて、わたしは生きのびる決心をしました。何が何でも生き抜いて、冬湖楼で起こった事件の真相をつきとめなければならない、と思ったのです」

「阿部佳奈には身寄りがいなかった。それも絶望した理由だ。両親が事故で亡くなり、親がわりとなって育てた妹も、薬物死した。自分の帰りを待っている人間がいると思えば、そう簡単には死ななかったろう」

　慰めになるとは思わなかったが、佐江は告げた。女は無言だった。

「あんたが阿部佳奈を演じようと考えた理由はわかった」

　女は小さく頷いた。

「佳奈さんが写真嫌いだったことがわたしの味方になりました。でも身長だけはどうすることもできませんでした」

「あんたが偽者だというのを知っているのは、俺と川村の二人だけだ」

　仲田はまだ知らない。それは確信できた。身長の話を川村から聞いていたら、それを佐江に必ず確かめた筈だ。そうしなかった以上、川村を除くH県警の人間は、この女を阿部佳奈だと信じている。

「そうなのですか」

「こうなったら、ギリギリまで阿部佳奈を演じつづけろ。犯人をつきとめるにはそれしかない。俺もあんたの芝居に協力する」

「佐江さんはそれで大丈夫なのですか」

　佐江は苦笑した。

「おいおい、誰のせいで俺がここにいると思っているんだ。今さら心配してどうする」

佐江は時計を見た。

「腹ごしらえして、本郷に向かう時間だ」

41

県警の覆面パトカーのハンドルを握った川村が本郷インターチェンジに到着した午後十時四十分には、出口に止まっている筈のパトカーがいなかった。検問解除の指令が思ったより早く伝わったのかもしれない。

ハザードを点し、川村はインターチェンジをでる車を待った。佐江の覆面パトカーはひと目でわかる。

料金所を抜けるときに合図をすれば、佐江は気づいてくれるだろう。怒っているだろうし、裏切り者と罵《ののし》られてもしかたがない。

インターチェンジで待つと告げたときの佐江の返事は、

「わかった」

というそっけないものだった。

川村はため息を吐《つ》き、気持ちを途切らせてはならない、と自分にいいきかせた。重要なことはただひとつ、犯人逮捕だ。

十一時にあと二分というところで、見覚えのある車が料金所に近づいてきた。川村はハザードを点していた覆面パトカーを降り、照明の下に立った。

佐江の運転する車がかたわらで止まった。窓が下がり、佐江が川村を見つめた。助手席には女がいる。

「申しわけありませんでした」

川村は頭を下げた。

「何の話だ」

「佐江さんを裏切ってしまいました」

「お前は裏切っちゃいない。仕事を果たしただけだ」

「そんなことはありません。自分は――」

「よせ。それより銃はもってるか」

川村は頷いた。

「あります」

「いつでも抜けるようにしておけ。俺は三発使っちまったから、残りが少ない」

佐江の言葉に、川村は目をみひらいた。

「襲撃される可能性があるというのですか」

「今夜襲わなくて、いつ襲う。俺が殺し屋なら、必ず狙う」

川村は佐江のかたわらの女に目を移した。

「佐江さん、この人は――」

「阿部佳奈だ」

「しかし同級生の話では――」

「阿部佳奈だといったら阿部佳奈だ。ほしを挙げたくないのか」

「挙げたいです！」

「だったら阿部佳奈として扱うんだ。課長には話してないのだろう？」

「話していません。本人に確認するのが先だと思ったので」

「だったらいい。課長に話すタイミングも含め、お前の仕事は完璧だ」

「えっ」

「いつまでも隠しておける筈はなかった。いつ話すか、それがポイントだ。会長と会う今夜、というのが最高のタイミングだ」

「本気でいってるんですか」

川村はあっけにとられた。

「冗談に命をかけるわけないだろう」

「じゃあ佐江さんは、自分が課長に隠しきれなくなると見抜いていたんですか」

「お前はH県警の人間だ。課長に報告するのは義務だろう。その義務をいつ果たすか、見ていた」

「そんな――」

「いいから先導しろ」

佐江はいって覆面パトカーの窓をあげてしまった。川村はしかたなく自分の車に戻った。

深夜の市街地を走る車は少なく、あっというまに二台の覆面パトカーは冬湖楼のたつ山のふもとに達した。ここからは九十九折《つづら》りの坂を登り、頂上に向かうだけだ。

十二時まで、まだ三十分以上ある。仲田に知らせようかと、川村は携帯をとりだした。が、真実を告げたからといって頻繁に仲田に連絡をとるのは、まるでご機嫌とりだ。そんな真似はしたくない。唇をかみ、川村は携帯を戻した。

運転に集中する。車はいくつめかのカーブを曲がり、標高があがるにつれ、かたわらの林ごしに市街地の明かりが見おろせるようになってきた。

大きな左カーブを曲がったところで川村はブレーキを踏んだ。坂道を塞ぐように大型のワゴン車が斜めに止まっていたのだ。運転席のかたわらに作業衣を着け帽子をかぶった男が立っていた。川村の運転する覆面パトカーのライトを浴び、目を細めている。

ワゴン車は両方の車線をまたぐように止まっているため、かたわらを抜けるのは難しい。五メートルほどうしろで佐江の車が止まるのをミラーで確認してから、川村は覆面パトカーの窓をおろした。

作業衣の男が歩みよってきた。

「どうしたんです？」

「わかんないんですよ。急にブレーキがきかなくなっちまって。あわててサイドブレーキ使って止めたんですけどね」

「上からきたんですか？」

作業衣の男は頷いた。

「食材をもってこいといわれて届けた帰りです」

「これじゃあ上にいけないな」

「すいません。レッカー呼んだんで、あと十分もしないうちにくると思うんですけど」

佐江の車をうかがうような仕草を見せ、男はいった。

「あとどれくらいか訊いてみます」

ポケットから携帯をとりだし、耳にあてる。

川村は車を降りた。佐江の車に近づく。助手席にいた女の姿がなかった。うしろの座席に移っている。

佐江が窓をおろした。

「どうした？」

「ブレーキがきかなくなったらしいです。レッカー車を呼んだといってます」

そのとき下から光が届いた。坂を登ってくる車がいる。

「冬湖楼に食材を届けた帰りらしいんです」

川村はいった。

「今、きました！」

作業衣の男が叫んだ。川村は後方を見た。車種はわからないが、ライトを点した車が一台、カーブを曲がってくるのが見えた。

「こっちの車を寄せないと駄目ですよね」

川村はいって自分の車に戻ろうとした。

「待て！」

佐江がいった。運転席を降りる。

「お前はここにいろ」

「えっ。でも――」

「考えてみろ。はさみ討ちをくらっているのと同じだ。下からくる車に殺し屋が乗っていたら逃げ場はない」

佐江の言葉に川村は絶句した。

「そんな――」

「銃を抜いて手にもってろ。何かあったらためらわず撃て。威嚇射撃なんて考えるな」

佐江はいって腰から拳銃を抜いた。川村と同じニューナンブの短銃身モデルだ。それを見て川村も拳銃を手にした。

「前に移って体を横にしろ。外にはでるな」

佐江は後部席の女にいって、登ってくる車を見つめた。

川村はワゴン車の方角をふりかえり、はっとした。作業衣の男がいない。

「運転手がいません」

「伏せろ！」

佐江がいい、二人は覆面パトカーの陰に伏せた。登ってきた車がハイビームのライトを浴びせてくる。

レッカー車ではなかった。アメリカ製の大型ＳＵＶだ。ＳＵＶは坂道の中央で止まり、中から四人の男が降りた。全員、目出し帽をかぶり、拳銃を手にしている。

「お前は前を見てろ」

佐江の言葉に川村はワゴン車を見つめた。川村の覆面パトカーのライトが照らし、車内は無人だとわかる。

ＳＵＶを降りた男たちはすぐには近づいてこなかった。車のドアを盾にしてこちらをうかがっている。

やがてひとりが進みでた。ＳＵＶのライトをさえぎらないような位置に立つ。

「女を渡せ。そうすりゃ生きて帰してやる」

佐江は無言だ。

「ふざけやがって、佐江さん――」

「しっ」

いいかけた川村の言葉を佐江は制した。

「何の話だ？　女なんていないぞ」

佐江がうずくまったまま叫んだ。

「とぼけるな。女を連れているのはわかってるんだ」

「だったら見にこい」

川村は思わず佐江を見た。恐怖で体が痺《しび》れている。両手で拳銃のグリップを握りしめた。

佐江の表情はかわらない。が、ニューナンブを握る手がまっ白だ。

男は覆面パトカーをのぞくように背伸びをした。

「ふざけんな！　この場でハチの巣になりたいのか」

前方でカチリという音が聞こえ、川村はふりかえった。川村の覆面パトカーの陰から作業衣の男が拳銃の狙いをつけていた。向こうからこちらは丸見えだ。

「危ないっ」

川村はニューナンブを発射した。訓練以外での発砲は初めてだった。

作業衣の男も撃った。川村の頭上でフロントグラスに穴が開く。

「撃て撃てっ」

ＳＵＶの男が叫び、佐江がのびあがるとその男を撃った。パパパパン、と銃声が弾《はじ》け、覆面パトカーの窓が砕け散った。

作業衣の男が川村の覆面パトカーの反対側に回りこんだ。

「くそっ」

川村の頭の中で何かが弾けた。こいつらが襲ってきたということは、誰かが知らせたのだ。

作業衣の男が飛びだしてきた。銃をこちらに向け叫んだ。

「死ねやあっ」

川村は撃った。男はがっと声をたて、勢いがついたまま川村の覆面パトカーのボンネットにおおいかぶさった。

「上できだっ」

佐江がいって、作業衣の男の手から拳銃をもぎとった。川村の知らない、セミオートマチックの拳銃だった。

うしろをふりかえると、ＳＵＶから近づいてきた男が大の字に倒れている。

その男に走りよってきた別の男に、佐江が奪った銃を発砲した。二発、三発と撃ち、男は地面に転がった。

「ひけっ、ひくぞっ」

残った男のひとりが叫び、ＳＵＶの運転席に乗りこんだ。

「逃がすかっ」

川村は叫んで立ちあがった。その襟を佐江が引きおろした。弾丸が頭上をかすめる。地面に転がっていた男が撃ったのだ。

その男が倒れている男をひきずった。血の帯を道路に作りながら、ＳＵＶに押しこむ。

「落ちつけ。ここはいかせるんだ」

佐江がいった。

「でもっ」

「お前は頭に血が昇ってる。そういうときは殺《や》られるぞ」

ＳＵＶがタイヤを鳴らしてバックした。ああっという声が思わず川村の喉を突いた。追いかけていって、ありったけの弾丸を浴びせてやりたい。

そう考え、気づいた。自分の銃には、いったい何発弾丸が残っているだろうか。わからない。何発撃ったのかさえ覚えていなかった。

ＳＵＶが向きをかえ、坂を下っていった。その赤い尾灯が見えなくなったとたん、川村の膝が崩れた。地面にしゃがみ、動けなくなる。

佐江がはあっと息を吐いた。ボンネットにおおいかぶさっている作業衣の男の首すじに指をあてた。そのようすを川村はぼんやりと見つめ、はっと気づいた。

「佐江さん、そいつは――」

「気にするな。お前が撃たなけりゃ、お前か俺か、いや二人とも殺られていたかもしれん」

「でも――」

佐江が川村におおいかぶさった。恐ろしい形相だった。

「お前は正しいことをしたんだ！　こいつはプロで、お前や俺を殺し、重参も殺す気だった。よくやった。お前は俺たちを助けたんだ」

川村は頷くしかなかった。

佐江が覆面パトカーのドアを開け、中をのぞきこんだ。

「無事か？」

蒼白《そうはく》の女が這《は》いでてきた。

「恐かった。ガラスが割れたときはもう駄目かと思いました」

覆面パトカーの窓ガラスは前もうしろも横も粉々だった。

「あいつらが上を狙ったんで助かったな」

佐江はいって女に手を貸した。女は車によりかかるようにしてうずくまっている。

「立てるか」

「は、はい」

「そっちはどうだ？」

川村は歯をくいしばり、車のボンネットに手をついて立ちあがった。膝が笑っている。

「大丈夫です」

女が川村を見た。

「ありがとうございます」

「え？」

「わたしを守ってくれました。お二人で」

その言葉を聞いたとたん、川村の目から涙が溢れた。何も言葉がでない。手の甲で目をぬぐい、川村は泣きじゃくった。

人を殺してしまったという思い、助かったという安堵《あんど》、そして女を救えたという誇り、すべての感情が渦まき、何と答えていいかわからなかった。

「しっかりしろ。まだ終わったわけじゃない」

佐江がいって、肩を叩いた。言葉とは裏腹に、まるで子供をあやすような叩き方だった。

「佐江さん、俺……。いや、そんなことより通報ですよね、まず」

深呼吸し、川村は携帯に手をのばした。

「通報は待て」

佐江が止めた。

「でも人が死んでいるんですよ」

「わかっている。今、何時だ？」

佐江の問いに腕時計を見た。午前零時まで、あと五分だった。川村は信じられない思いだった。ここにもう一時間以上いたような気がする。

「十一時五十五分です」

「俺たちが止められてから今まで、奴ら以外にあがってきた車はいなかった。つまり、これから会う連中は皆、冬湖楼に到着ずみということだ」

川村は佐江を見つめた。それが何だというのだ。

「あいつらに情報を流したのは、上にいる誰かだ」

ついさっき自分も同じことを思ったのに、きれいさっぱり頭から飛んでいた。

「そうか、そうですね」

「無事に現れた俺たちの顔を見て驚く奴がいれば、そいつが犯人だ。だが県警に通報すれば、ここであったことは全員に伝わる」

「それはわかります。でも、ここにこのまま――」

「通報は、冬湖楼にいる人間の反応を見てからでいい」

佐江がいい、川村は考えた。課長に咎《とが》められるかもしれないが、こんな経験は課長だってしたことがないだろう。殺し屋の集団に襲われ、撃ち合い、そして人を殺してしまった。そうする他なかったのだ。

少しくらいルールを外れたから何だというのだ。自分は重参を守り抜いた。

不意に力が湧いてくるのを川村は感じた。

「わかりました」

力強く頷く。

「まずはあのワゴン車をどかさないと」

いきかけて、拳銃をまだ握ったままだったことに気づいた。腰のケースに戻しかけ、残弾を調べた。

たった一発残っているだけだ。ＳＵＶを追っていっても一発撃てば、それで終わりだ。ハチの巣にされたのは自分のほうだった。

「待て、こいつを使え」

佐江が上着から手袋をだした。

「運転手の指紋を消しちゃまずい」

佐江の冷静さに感心した。何度もこんな目にあっているのだろう。ふつうの警察官なら、一生に一度もあわないような経験だ。

「それなら自分ももっています」

川村はもち歩いている現場検証用の手袋をはめた。

ワゴン車の運転席に乗りこむ。キィはささったままだったが、奇妙な形をしている。どうやら盗んだ車に特殊なキィをさしこんで動かしたようだ。

キィを回すとエンジンがかかった。パーキングブレーキを外し、アクセルを踏むとワゴン車は動いた。ブレーキもちゃんと働いている。ワゴン車を左の路肩に寄せた。エンジンを切り、キィはそのままにして降りる。

佐江は女と自分の覆面パトカーに乗りこんでいた。川村の覆面パトカーは無傷だが、運転手の死体がボンネットによりかかっている。

あとでおこなう現場検証のことを考えると、さすがの佐江もそのままにする他なかったようだ。

佐江の車のシートには一面、砕けたガラスが散っていた。いかに激しい銃撃をうけたかがわかる。シートにも弾丸が食いこんだ跡があった。女が無傷だったのは、前の座席に移っていたからだろう。その点でも、川村は佐江の判断力に感心した。前の席ならエンジンが盾になる。

川村が助手席に乗りこむのを待って、佐江は車を発進させた。

「ちょっと寒いががまんしろ」

「殺されるよりマシです」

後部席で女が答え、川村は思わずふりかえった。

「落ちつきました？」

何かをいう前に女が訊ねた。川村は頷いた。

「すみません、取り乱してしまって」

「誰だってああなります。でもあなたはわたしを助けた。それを忘れないで下さい」

吹きこむ風に髪を乱しながら、女はいった。

川村は頷いた。訊きたかった言葉が口を突いた。

「あなたはいったい――」

「その話はあとだ。今は冬湖楼に向かうのが最優先だ」

佐江がさえぎった。

「わかりました」

やがて冬湖楼が前方に見えてきた。

42

冬湖楼の敷地の手前で佐江は車を止めた。穴だらけになった覆面パトカーを車寄せにつけるわけにはいかない。何があったのかを悟られてしまう。

「ここで降りて歩こう」

佐江はいった。川村は不安げに冬湖楼を見つめている。

「佐江さん、あそこにも殺し屋がいるなんてことはないですかね」

「絶対ないとはいいきれんな。お前、あと何発ある？」

「一発です」

「俺のは撃ち尽くした。あとは――」

佐江は死んだ運転手から奪った拳銃をとりだした。慣れた仕草でマガジンを抜いて調べる。

「その拳銃は？」

「マカロフだ。ロシアと中国の軍隊で使われている。三年前の事件で使われた銃とはちがう。こっちはあと二発だ」

佐江は答え、ベルトにさしこんだ。

三人は車を降り、徒歩で坂道を進んだ。門をくぐり、敷地の中に入る。車寄せには数台の車が止まっていた。ナンバーはすべて地元のものだ。深夜ということもあり、さすがに建物の外に人影はなかった。前回出迎えた法被《はっぴ》姿や着物の従業員はいない。

玄関の内側にスーツ姿の男がいた。

男は三人を見ると、すわっていた椅子から立ちあがった。

「警察の方ですか」

佐江は身分証を見せ、女を示した。

「こちらが阿部佳奈さんです」

「私はモチムネの松野と申します。会長室の者です」

四十歳くらいだろう。驚いたり動揺したりしているようすはない。

「会長は奥でお待ちです」

「あの、県警の仲田はきてますか」

川村が訊ねた。

「仲田さん、ですか？」

怪訝そうに松野が訊き返した。

「はい。自分たちとは別に、こちらにうかがう予定になっています」

川村は答えた。松野は首をふった。

「おみえになっていませんが」

「県警の人間は誰もきておりませんか？」

「はい。皆さんだけです」

川村は佐江を見た。

「仲田はここで待っているといいました。他の者には知らせず、面談に立ち会うと」

「何かがあって遅れているのかもしれませんね」

女がいった。

「まあいい。会長を待たせるわけにもいかない」

佐江はいった。川村は不安そうな顔になった。仲田抜きで面談を始めれば、自分の印象が悪くなると思っているのだろう。

川村は佐江に訊ねた。

「課長に電話をかけてもいいですか。あの、さっきのことはいわず」

佐江は無言で頷いた。

「すみません、少しお待ち下さい」

川村はいって携帯をとりだし、操作した。

ずっと耳にあてているが、応答はないようだ。やがて電話を切り、佐江に告げた。

「でません。留守番電話になってしまいました」

「どうされますか。その方を待たれますか」

松野が訊ねた。

「いや、会長にお会いします」

佐江は答えた。川村はうらめしそうに佐江を見つめている。

「面談を始めるのを待ってほしければ連絡がある筈だ。それがないというのは、先に始めてもかまわないということだ」

佐江は川村を見返した。

遅れてきた仲田が坂の途中でワゴン車や川村の覆面パトカーを見つけ、降りて調べている可能性はある。だが川村の覆面パトカーによりかかる死体を見つけたら、まっ先に川村に電話をしてくる筈だ。県警から応援を呼ぶとしても、まずは何が起きたのかを訊こうとする。

「はい」

川村は頷いた。

「では」

松野がいい、先に立って歩きだした。

「会長は二階でお待ちです」

廊下の途中にあるエレベータで二階にあがった。二階の廊下には個室宴会場の扉が並んでおり、松野はつきあたりに向かって歩いた。

「こちらです」

観音開きの扉の前で松野は立ち止まった。ノックする。

「おみえになりました」

女を自分の背後に押しやり、佐江は上着の内側に手をさしこんだ。中で殺し屋が待ちうけているかもしれない。

冬湖楼に足を踏み入れてから従業員の姿をひとりも見ていないのも気になる。

松野が扉を押した。

年代物のシャンデリアが天井から下がった大きな部屋だった。正面の壁はガラス張りで、本郷市の夜景を見おろせる。

中央に円卓があり、車椅子の女とスーツ姿の若い男がいた。

「川村！」

若い男が立ちあがり、

「河本」

驚いたように川村がいった。

「お知り合いなの？」

車椅子にすわる白髪の女が訊ねた。パーティのときは和服だったが、今日は洋装だ。

「高校の同級生です」

若い男が答えた。

「あら」

白髪の女はいって川村を見つめた。

「川村、用宗会長だ。会長、県警の川村くんです」

若い男が佐江に目を向けた。

「こちらは？」

「警視庁の佐江といいます」

佐江は告げた。

「警視庁？」

「わたしが立ち会いをお願いしたんです」

女がいった。

「あなたが阿部佳奈さんね」

近くで見る用宗佐多子には威厳があった。若い頃はかなりの美人だったろうが年を経て、美貌が厳しさにかわってしまったかのようだ。

「そうです。会って下さり、ありがとうございます」

女が答えた。

「すわっていただきなさい」

用宗佐多子がいい、松野と河本があわてて円卓の椅子を勧めた。

「無理をいって開けさせた上に、マネージャー以外は誰もいないので、何のおもてなしもできません。ごめんなさいね」

用宗佐多子がいい、河本がペットボトルのお茶を紙コップに注いだ。

「どうぞおかまいなく」

女は用宗佐多子の正面にかけた。用宗佐多子は佐江に目を向けた。

「お仕事ご苦労さまです。警視庁の方ということは、東京からわざわざ本郷までおいでいただいたのですか」

「お気づかいなく。職務ですので」

佐江は答えた。用宗佐多子の表情はかわらなかった。川村に目を向ける。

「あなたはこちらの方ね」

「はい。県警捜査一課におります」

用宗佐多子の表情がわずかにゆるんだ。

「本郷のご出身？」

「そうです」

「ご実家は何を？」

「米屋をやっています」

「あら水野町《みずのまち》のお米屋さん？」

「そうです。ご存じなのですか」

「もちろんよ」

川村はすっかり気圧《けお》されている。無理もないと佐江は思った。用宗佐多子は会話の主導権を握っている。一方、佐江たちが生きて現れたことに驚いているようすはない。

用宗佐多子は女に目を向けた。

「それで、あなたは三年前、ここにいらしたのね。あの事件のときに」

「はい。上田先生の秘書として参っておりました」

「だったら誰が、あんなに恐ろしいことをしたのかご存じなのね」

「顔や名前はわかりません。犯人はヘルメットをかぶっていました」

用宗佐多子はじっと女を見つめた。

「大西や新井がここにいた理由は何です？」

女はひと呼吸おいた。

「それは――」

「モチムネの買収工作に応じるため、でしょう?」

「ご存じだったのですか?!」

用宗佐多子は頷いた。

「ええ。知っていましたよ。ただ買収をしかけているのが誰なのかは、いまだにわかりませんが。あなたは当然、ご存じよね」

「はい」

「申しわけありませんが」

おずおずと川村がいった。

「それに関する情報をここで明かすのは避けていただけませんか」

「なぜです?」

用宗佐多子が訊ねた。

「それはですね。違法ではない経済活動を県警が妨害したということになってはまずい、という上司の判断がありまして……」

川村はしどろもどろにいった。佐江は気づいた。仲田が立ち会うといったのは、そのためもあったのだ。

「意味がわからない。どういうことなの？」

用宗佐多子の表情が険しくなり、川村は途方に暮れたような顔になった。

佐江は口を開いた。

「本来ならここにいる筈の彼の上司がそれについては説明する筈だったのでしょう」

「上司？」

「県警捜査一課長が同席する予定でしたが、まだきていません」

川村がいった。

「それで情報を明かすなというのは、どういう意味なの？」

「つまりです。モチムネ買収工作そのものには違法性がなく、通常の経済活動です。ここでその主導者が誰なのか明らかになると、県警が買収工作を妨害したという抗議をうけかねないと、上司は考えているのです」

苦しげに川村は説明した。

「県警が情報を明かしたくないというのはわかります。でもわたしが個人的にここで話す内容まで、干渉する権限はない」

女がいい、川村はうなだれた。

「川村を責めるな。いない上司の意見をいっただけだ」

「捜査一課長がそれをいっているの？」

用宗佐多子が訊ねた。

「刑事部長もです」

小声で川村が答えた。

用宗佐多子は荒々しく息を吐いた。

「すみません。県警は決してどちらかの側についているわけではありません。公平になろうとしているだけです」

川村はいった。女が口を開いた。

「県警の立場はわかりました。ここからは、阿部佳奈個人の話です。買収工作を主導しているのは、大連光電の高文盛です」

「やはりそうだったの」

つかのまの沈黙のあと、用宗佐多子がいった。

「はい。高文盛は卑劣な男です。お孫さんの弱みも握っていて、株を譲渡させようとしています」

女がいった。

「悟志の弱み？」

用宗佐多子は女を見つめた。

「会長はご存じの筈です。お孫さんが大学生のときに交際していた女子学生が薬物中毒で亡くなった事件です」

用宗佐多子は瞬《まばた》きした。

「なぜそんなことをおっしゃるの」

「お孫さんは逮捕されるのを恐れ、当時、薬物の売人としてつきあいのあった久本という男に相談した。久本はその女子学生が薬物依存者であったかのような偽装工作をおこない、お孫さんは捜査の対象となるのを免れた」

佐江はいった。

「当社の東京支社長に関することのようですが、確かな証拠があっておっしゃっているのでしょうな」

松野が険しい口調でいった。佐江は松野を見た。

「久本本人に証言させることはできない。死んでしまったのでね。だが久本が長年にわたってモチムネから口止め料を受けとっていたのを知る人間はいる」

「よくお調べになりましたね」

用宗佐多子がいってつづけた。

「相当昔のことですよ」

「死んだ女子学生は、わたしのたったひとりの妹でした。両親を交通事故で失い、親がわりになって育ててきたのです」

用宗佐多子は大きく目をみひらいた。

「それは……」

さすがに言葉がつづかないようだ。佐江は用宗佐多子を見つめた。

「口止め料を払っていたのは会長だったという話も聞いています」

「君！　いくら何でも暴言だ」

松野が腰を浮かせた。

「松野、いいの。本当のことです」

用宗佐多子はいい、松野は目を丸くした。

「会長！」

「あるときから請求がこなくなり、どうしたのだろうと思っていました。亡くなったのですか」

「交通事故で死亡したのですが、殺害された可能性があります」

佐江が告げると、用宗佐多子は眉をひそめた。

「わたしを疑っていらっしゃるの？」

「そこまでは申しません。ただ死んだ久本は、砂神組という暴力団の組員でした。砂神組は、最初に彼女が出頭しようとしたときに、殺し屋を手配したことがわかっています。彼女が『冬湖楼事件』について証言するのを恐れる理由があるようです」

佐江はいった。

「その砂神組という暴力団について、わたしは一切知りません。おっしゃるように悟志の不始末に関して、お金を払っていたのは事実ですが、わたしが直接していたわけではありません。古い社員がかわりにやってくれていました」

用宗佐多子は佐江を見返し、いった。

「その社員の方と話ができますか」

用宗佐多子は首をふった。

「亡くなりました。創業以来の社員でしたので」

「その人が砂神組の人間と親しくしていたということはありませんか？」

佐江は訊ねた。

「知りません。その問題について話すことはありませんでしたから」

「お孫さんとはいかがです？　話されなかったのですか」

「いいえ、話しました。お金を要求され、悟志は両親ではなくわたしに泣きついてきました。わたしは厳しく叱責しました。ですが、将来モチムネの経営に携わるであろう孫を縄つきにするわけにはいかなかった。孫が、わたしに甘えてきたこともわかっていました。阿部さん、申しわけありません。孫のしたことは卑劣で、決して許されることではないとわかっています。ですが、わたしはモチムネのために、かばうしかありませんでした。まさかあなたが、ここで起こった事件の関係者になるとは思ってもいなかった……」

用宗佐多子の声は途中から途切れ途切れになった。女がいった。

「お気持ちは理解できます。ですがお孫さんは妹を知らないとおっしゃいました」

用宗佐多子は女を見つめた。

「昼間、悟志さんにお会いしたのです。妹のことなど知らない。いいがかりをつけようとしている、といわれました」

用宗佐多子は肩で息をしていた。唇をかみ、無言でうつむく。

「そこでうかがいたいのですが、お孫さんは今でも砂神組の人間とつきあっているのでしょうか」

佐江はいった。用宗佐多子は小さく何度も首をふった。

「そんなことは決してない、と思います。阿部さんが悟志に会ったという話も、今初めて聞きました。悟志からは何の報告もなかった」

「すると、今夜ここでわたしたちと会うというのもお話しになっていない？」

「話しておりません。孫が高に脅されているという話も、今初めて知りました。本当なのですか？」

用宗佐多子の問いに女が答えた。

「亡くなられた上田先生は、高文盛の代理人としてモチムネ株の買収を進めていました。三年前、大西さんと新井さん、上田先生がここで会っていたのは買収金額の交渉のためでした。悟志さんが買収に応じたというのは、上田先生が話していたことです」

「でもなぜ、高が悟志の不始末を知っているのでしょう」

用宗佐多子は不思議そうに訊ねた。

「それはわかりませんが、高文盛は若い頃日本に留学していて、風営法違反で逮捕された経歴があります。蛇《じゃ》の道は蛇という奴で、今も暴力団とつながりがあり、知ったのかもしれません」

佐江は答えた。

「会長から招待状をいただいてうかがったパーティ会場で、わたしを襲おうとした男がいました。その男は視察団の行進に交じっていました」

女がいうと、用宗佐多子は大きく目をみひらいた。

「あそこでそんなことがあったの?!」

「佐江さんの指示でその男を尾行していた私も、刺されそうになりました」

川村がいった。

「何ということ……」

用宗佐多子はつぶやいた。佐江はいった。

「一連の事件の犯人はモチムネの関係者であると考えるのが順当です。暴力団や中国人の殺し屋を動かしているのは誰なのか」

用宗佐多子は佐江をにらんだ。

「わたしだとおっしゃりたいのね」

「あなたでなければお孫さんということになる。今日の夕方、私と彼女はモチムネ東京支社の入るビルで、覆面をした集団に襲われそうになった。そして、たった今もここにくる途中で、同じような集団の襲撃をうけた。銃をもち、我々を殺す気でした」

「そんな……わたしではありません。わたしは厳しい経営者かもしれませんが、法に触れるようなことは決してしない。悟志だって、そのような真似は決してしない筈です」

用宗佐多子は激しく首をふった。

「ではいったい誰なのですか」

女が訊ね、用宗佐多子は女に目を向けた。

「それは……わかりません。モチムネを憎んでいる誰か、でしょうか」

「モチムネの中枢にいる人物です」

「ありえない。わたしでも息子でも、悟志でもない。そんな人間はいない筈」

不意に川村の懐で携帯が鳴った。とりだした川村が、

「一課の石井です」

といって耳にあてた。

「はい、川村です」

部屋の隅に移動した。が、直後、

「えっ、本当ですか」

と叫び声をたてた。

「どうした？」

佐江は訊ねた。川村の顔は蒼白だ。

「課長が、仲田課長が亡くなりました」

「なぜ？」

川村は携帯に佐江の問いをくり返した。

「ここに向かう道のふもとで、車内で撃たれているのが見つかったそうです」

「佐江さん……」

女が佐江を見つめた。

「わたしたちを襲ったのと同じ犯人でしょうか」

佐江は無言だった。

「今、ちょっと取りこみ中なので、あとで連絡を入れます」

川村が電話を切った。佐江に告げる。

「非常呼集がかかりました。県警はたいへんな状況のようです」

「課長の車が見つかったのは、我々も通った道なのか?」

佐江は訊ねた。

「はい。襲撃をうけた地点より、もっとふもと寄りのようです」

「すると我々が過ぎたあとで撃たれたのだな。課長はひとりだったのか」

「詳しいことはわかりませんが、おそらくひとりではないかと」

川村は答えた。表情がこわばっている。

「連中に殺られたのでしょうか」

「我々はともかく、課長を襲う理由は連中にはない、本来なら」

「そうか。そうですよね」

「何かたいへんなことが起きたようですね」

用宗佐多子がいった。

「はい。この面談に立ち会う予定だった私の上司、県警の捜査一課長が殺害されているのが見つかりました。現場は、ここへ登ってくる道の途中です」

川村が答えた。

「川村、我々全員、ここにいるのはマズいのじゃないか。事件との関係を疑われるかもしれん」

河本がいった。

「関係はもちろんあります」

佐江は告げた。

「川村くんがいったように、仲田課長はおそらくここに向かう途中を銃撃されたのです。我々全員、無関係ということはありえない」

「しかし私たちには捜査一課長を殺すような理由がない」

松野がいって、用宗佐多子を見た。

「会長、今すぐここから離れましょう」

「待ちなさい。佐江さんは、どうすればいいとお考えなの？」

用宗佐多子が訊ねた。佐江は深々と息を吸いこんだ。

「警察官である私や川村くんを含め、我々全員が課長殺害の容疑をかけられないためには、この場にとどまり通報することが最良の方法だと思われます」

「何を通報するんだ？　ここで事件は起こっていない」

松野が訊いた。

「ここにくる途中で襲撃をうけたと申しあげた。犯人グループの一人が死亡し、その死体はまだ道の途中にあります」

「えっ」

「通報は、面談のあとと私が決めました」

「人が死んでいるのに、あんた、そんな悠長なことを――」

松野は絶句した。

「襲撃を命じた者が、ここにいるかもしれないと考えたからです。もしいれば、無傷で現れた我々に驚く筈ですから」

「そんな疑いまでかけていたのか。いくらなんでも無礼じゃないか」

「殺人犯に対し、無礼もへったくれもない。襲撃者は、今夜我々が冬湖楼にやってくることを知っていたんだ」

佐江はいった。松野は何かをいいかけたが、口を閉じた。

「わかりました。警察の捜査に協力しましょう。通報して下さい」

用宗佐多子がいった。

「会長、たいへんな騒ぎになります」

河本がいった。

「しかたありません。悟志のことといい、いわばモチムネの、身からでた錆《さび》です」

用宗佐多子は毅然としていた。佐江と川村は目を見交わした。

「連絡を入れます」

川村がいった。

43

一時間とたたないうちにH県警の捜査員が大挙して現れた。その中には刑事部長の高野の姿もあった。川村たちはモチムネ関係者とは分けられ、それぞれ事情聴取をうけた。

「阿部佳奈」が冬湖楼にいたことに、高野以下捜査員全員が驚いた。

「いったいいつから、重参は佐江さんと行動を共にしていたんだ？」

川村の事情聴取に立ち会った高野が訊ねた。その顔は暗く険しい。

「モチムネ本社でおこなわれたパーティからです。パーティ会場で重参を刺そうとした人物がおり、佐江さんが保護していました」

一課の課長補佐である森が訊ねた。

「それを君はなぜ報告しなかったのだ？」

「課長には報告しておりました。今日ここでモチムネの会長と重参が面談をおこなうことも報告ずみです」

川村は答えた。随時報告していたとはいえないが、嘘ではない。佐江のアドバイスだった。

「何だと。すると課長がここに向かう道で撃たれていたのは――」

「はい。面談にも立ち会われる予定でした」

川村が答えると、高野と森は顔を見合わせた。高野が訊ねた。

「仲田さんはどうしてひとりでここにこようとしたんだ？」

「一課の人間が大挙して押しかけるのはマズい。会長を刑事がとり囲んだなどという印象は与えないほうがいい、とおっしゃいました」

川村の答えに、高野は息を吐いた。

「ですが、殺し屋を雇ったのが会長か孫の悟志である可能性は高い。会えばそれを直接確かめられると課長は考えておられたようです」

「殺し屋というのは、坂の途中で死んでいた男か」

「その男だけではありません。三年前の事件の犯人も、です」

「君の話では、ここにくる直前、襲撃してきた者は五名ということだったが」

森がいった。

「はい。放置されているワゴン車を運転していた男、それが死亡している者ですが、他に四名がアメリカ製のＳＵＶに乗っていました。ワゴンとＳＵＶで、自分と佐江さんの車をはさみ、銃撃してきたのです」

「君らが二台で動いていた理由は何だ？」

「課長の命令です。佐江さんと重参が検問にひっかかることなくここにこられるよう、面パトで先導せよと」

川村が答えると森が高野に告げた。

「確かに、昨夜午後十時、本郷インターチェンジの検問を解くよう、課長名で指示がでております」

「仲田さんも思いきったことを……」

高野はつぶやいた。

「SUVの四人は逃走したんだな」

森の言葉に川村は頷いた。

「うち二名は負傷しています」

「死んでいた男も含めて、五名全員が拳銃を所持していたのだな」

高野が確かめるようにいった。

「はい。死んだ男が所持していた拳銃は佐江さんが押収しました」

「それはさっき提出してもらった。男を撃ったのは君だそうだな」

川村は頷いた。

「ワゴンの運転手です。正面から自分と重参に向かって発砲してきました。応射したところ命中しました」

高野は唸り声をたてた。

「捜査一課長が殺害されたことも大事件だが、同日に一課の人間が被疑者を射殺するとは……。どれだけの騒ぎになるか」

「応戦しなければ、重参はもちろん自分も佐江さんもまちがいなく殺されていました」

川村はいった。

「それは現場に落ちていた大量の薬莢《やっきょう》からも疑ってはいない。部長、正当防衛であったとマスコミには発表するべきです」

森が川村の味方をした。

「わかっている。だが記者会見であれこれ訊かれるのは、私と本部長だ。なぜ仲田さんがひとりでいたのかについても、だ」

「課長はこういわれました。佐江さんが重参と行動を共にしているという事実を知るのは、君と私だけにとどめたい。何かあったときに責任を問われる人間は、少ないほうがいい」

高野は目を閉じた。

「仲田さんらしい責任感だが、それが仇《あだ》になったようだ」

「課長を襲ったのは、自分たちを襲撃したのと同じ犯人なのでしょうか」

川村は訊ねた。

「それはまだわからん。二か所の現場検証をおこなってみないと」

森が答えた。現場は封鎖され、明るくなってから検証はおこなわれる、と川村も聞いていた。

「森さんは課長の遺体をご覧になったのですか？」

川村の問いに森はつらそうに頷いた。

「見た。運転席にいて、至近距離から胸を撃たれたようだ」

「至近距離からですか。車外からではなく？」

「薬莢が助手席のシートに落ちていた」

「すると犯人は助手席にいたのでしょうか」

「とは限らない。課長に窓をおろさせ、そこから銃をさしこんで撃ったのかもしれん。佐江さんが押収したのはマカロフ拳銃だったな」

「はい」

「課長を撃ったのが同じ銃なら、君らを襲撃した犯人と同じである可能性は高い。死んだ男の身許《みもと》が判明すれば、他の四人の手がかりも得られるだろう」

川村は頷いた。

「とにかく君にも佐江さんにも、もちろん重参にも、しばらくは不自由な思いをしてもらうことになる」

森はいって腕組みをした。

44

夜が明けると、佐江と川村は銃撃戦の現場検証に立ち会った。県警幹部である捜査一課長が殺された上に被疑者射殺という事件がほぼ同じ地域で発生したことは大ニュースとなり、地元メディアだけでなく東京からも取材が押し寄せた。検証中も上空をヘリコプターが飛びかい、道路の封鎖地点にはテレビの中継車が列をなしている。

「阿部佳奈」の出頭は、その騒ぎにまぎれる形で発表されなかった。

現場検証の後は、拳銃使用に関する査問を二人はうけることになっていた。佐江はこれまで何度もうけているが、川村は初めてのことで、ひどく緊張している。

佐江と「阿部佳奈」の証言、さらに現場に残された大量の薬莢と弾痕を検証すれば、発砲や被疑者の死亡に問題がないことは明らかになる筈だ。

さらに捜査一課長が何者かに射殺されるという事態が、いかに凶悪な犯罪者とH県警捜査一課が対峙《たいじ》しているかをあらわしてもいる。

「心配するな。こういうとき、警察には組織を守ろうという力が働く。この場合、お前が罪に問われることはない。もし罪を問えば、あらゆる警察官が犯罪者に銃を向けられなくなる」

佐江はいった。万一に備え辞表を書いてきたと、川村が打ち明けたからだ。

「お前のためじゃないぞ。日本全国の警察官の士気を衰えさせないために、必ず不問になる」

「佐江さんは何度もこういう経験があるのですよね」

「うんざりするほどな。しかも今回のように証言してくれる人間がいない状況で、被疑者を射殺したこともある。それでもクビにはならなかった」

「それは佐江さんが優秀な警察官だからです」

「優秀かどうかなんて、まったく関係がない。警察という組織の体面が保てるかどうかなんだ。お前をクビにしたら、警察は終わりだ。お前が悪徳警官だったとしても、この件に関しては処分されることはない」

川村は目をみひらいた。

「そんなことが……」

「警察ってのは、そういうところなんだよ。立派な組織だといってるのじゃない。よくも悪くも、体裁を整えていなけりゃ、悪い奴をつかまえられないのさ」

現場検証が一段落すると、佐江と川村は県警本部に戻された。それぞれ聴取をうけ、証言にくいちがいがないか調べられる。

「阿部佳奈」にはすでにそれがおこなわれている筈だった。

以前から仲田にだけは報告していたことにしろと、冬湖楼に捜査員がくる前に、佐江は川村に知恵をつけていた。どうやら川村はそれにしたがったようだ。

仲田には申しわけないが、川村を救うためだ。一課長の特命で動いていたことにすれば、川村が問われる責任は最小限になる。あとは川村が聴取や査問のプレッシャーに耐えられるかどうかだ。

この事件が解決されれば、川村はいい刑事になるだろう。

ただいい刑事であることと階級があがることはイコールではない。

佐江がＨ県警の査問にかけられることは、警視庁、新宿署両方に伝えられていた筈だが、東京から人がくることはなかった。過去の佐江の〝行状〟に照らしあわせ、警視庁は処分をＨ県警に丸投げしたようだ。

といってＨ県警が警視庁警察官の佐江をクビにすることはできず、不問にするか逮捕するかの二者択一しかない。逮捕はありえず、佐江は事態を楽観していた。

問題は、なぜ仲田が殺されたのか、だ。

仲田の覆面パトカーは、登り坂の路肩に寄せられていたという。上から逃走してきたSUVを停止させ職務質問をかけたというわけではなさそうだ。

職質にかけられたSUVの犯人グループが逃走のために仲田を撃ったというのなら、理解できる。

だが仲田は駐車した覆面パトカーの運転席にすわった状態で、至近距離から胸を二発撃たれていた。銃弾は助手席か、それに近い位置から発砲されていた。

そうなると仲田に警戒させる暇を与えず、犯人は銃を使用したことになる。仲田も拳銃を着装していたが、銃を抜こうとした形跡はないという。

つまり犯人と仲田は互いを知っていた可能性があるのだ。

現場から逃走したSUVの行方は判明していなかった。少なくとも高速道路を走行していないことは監視カメラの映像から判明している。死んだ男の身許については照会中だ。

冬湖楼にモチムネ会長の用宗佐多子と側近社員二名がいたことは、伏せられていた。銃撃戦は、「捜査の妨害を企てた何者かが警察官を襲撃したもので、仲田一課長の殺害もそれに関係すると思われるが、詳しいことは捜査中だ」と、記者会見で高野は述べた。

翌日、佐江と川村の拳銃使用は適切であったという査問会の結果が公表された。禁足状態だった佐江と川村は行動の自由を許され、同時に仲田殺害の検証情報も知ることができた。

仲田を殺害した銃はマカロフではなかった。現場車内で発見された薬莢は四十五口径ACP。「冬湖楼事件」で使用された拳銃と同一口径だ。同じ銃が使用されたのかどうかを調べるライフルマーク検査の結果がでるには、もうしばらく時間がかかる。

「阿部佳奈」も県警本部に留めおかれていたが、勾留《こうりゅう》ではなく保護という形で女性警察官がつき添い、宿泊室で二晩を過ごしていた。「阿部佳奈」への銃撃戦に関する事情聴取は終わっていた。「冬湖楼事件」については、始まっていない。銃撃戦と仲田殺害事件の捜査に、H県警の捜査一課は手いっぱいの状況なのだ。

後任の課長にはとりあえず森が就くことになり、捜査中の事案も含め新たな担当があわただしく決められた。

「阿部佳奈」については、当人の希望もあり、ひきつづき佐江と川村がその保護と事情聴取にあたることになった。

銃撃戦と「冬湖楼事件」には、まちがいなく関係がある。がそれを公にすれば、さらに騒ぎが大きくなる上にモチムネに対する激しい取材も予測される。そこで高野は、仲田殺害と路上銃撃事件のみに捜査を集中させる方針をとっていた。

とはいえ、現場が冬湖楼への道の途中であることから三年前の事件との関連性を匂わせるような報道も少なくなかった。県警には厳しい箝口令がしかれ、「阿部佳奈」の出頭も伏せられたままだ。

「時期がくれば発表する」と、高野はくり返し、取材陣に告げていた。県警の記者クラブには連日、多数のテレビカメラ、記者が詰めかけ、

「これほどたくさんの人が本部にいるのを見たのは初めてです」

と川村がいったほどだった。

佐江と川村は「阿部佳奈」を連れ、車で本郷市に向かうことになった。

モチムネ視察団がH県を離れ、空《あ》いた本郷市のホテルに「阿部佳奈」を預けるためだ。視察団は東京に一泊したのち京都に向かう予定だという。

「結局、高文盛を逃してしまいましたね」

本郷市へと向かう車中で「阿部佳奈」はいった。くやしげな口調だった。

「高とは対決したかった」

「それをしたら、あんたの正体はバレる」

佐江がいうと、ハンドルを握る川村がふりむいた。

「正体？」

「お前は知らなくていい。この人が阿部佳奈であると信じていろ」

「そんな」

川村は頰をふくらませた。

「そのほうがいいのですか？」

女が訊ねた。

「俺とちがってな」

佐江が答えると、女は黙って頷いた。

県警捜査一課は、銃撃戦と仲田殺害の捜査に全力を傾けている。二人は銃撃戦の当事者だが、それが理由で捜査から外されている。高野の決定だった。

叩き上げの仲田は、疑いながらも佐江に捜査を任せていた。キャリア警察官である高野は、佐江をまったく信じていないようだ。

それでも佐江を東京に帰さないのは、「阿部佳奈」から情報を得る機会を失したという非難をあとからうけないための保険にちがいない。

キャリアは、いついかなるときも〝逃げ道〟を用意しておくのだ。その〝逃げ道〟は、ときにはスケープゴートの場合もある。川村がそうなる可能性は十分にあった。

とはいえ、「阿部佳奈」の事情聴取を、佐江ひとりでおこなうわけにはいかない。「冬湖楼事件」はあくまでH県警の事案だ。警視庁警察官の佐江が、何を「阿部佳奈」からひきだそうと、それはH県警にとっての証拠とはならない。川村がいて初めて、証拠となる。

それゆえに「阿部佳奈」の正体を、川村に知らせるわけにはいかない。「阿部佳奈」が偽者であると知って事情聴取をおこなったとなれば、川村は職を失うだろう。それどころか仲田が脅しで使った「捜査妨害による逮捕」という言葉も現実化しかねない。

むろんそのときは佐江も逮捕される。が、佐江に恐れはなかった。

一度は警察官を辞めようと考えていたのだ。

それが何の因果か、こうして東京を離れ命のやりとりをする羽目になった。

自分をひっぱりだした「阿部佳奈」が偽者とわかっても、不思議に佐江は腹が立たなかった。むしろおもしろがっていた。

三年前の殺人事件の謎を、偽者とよそ者の自分が暴きだしたら痛快だとすら思う。不幸なのは、巻きこまれた川村だ。

が、真犯人が判明したあかつきには、手柄はすべて川村のものだ。まさにハイリスクハイリターンというわけだ。

川村にはまるでそういう志向はない。川村は地道なタイプだ。大きな事件を解決して出世したいなどという欲はもっていないようだ。

だがだからこそ、佐江は川村を信じられると思っていた。

出世欲に目がくらんだ警察官は、いつかどこかで墓穴を掘る。といって与えられた仕事しかしない者にも限界がある。愚直だが、常に気持ちを途切らせない人間が最後に鉱脈を掘りあてるのだ。

　そこに至るまでにはいくつもの落とし穴がある。それに気をつけてやるのが自分の役割だ、と佐江は思っていた。

「お前はよくがんばってる。新米刑事にしちゃたいしたものだ」

「やめて下さい。今さらほめられても嬉しくありません」

　川村はいったが、満更でもなさそうだ。

「この役にあたったのが不運て奴だ。だがお前じゃなかったら、俺もここまでつきあっちゃいない。こうなったら『冬湖楼事件』のほしを挙げるまで一蓮托生《いちれんたくしょう》だから、そのつもりでいろよ」

「でも、阿部佳奈さんの正体を教えてはもらえないのですよね」

「そのときがきたら、わたしからお話しします」

　女がいった。

「川村さんには、命を救っていただいた恩がありますから」

　人を殺してしまったのを思いだしたのか、川村は無言になった。

「知りたければ、最後まで守れ、ということさ」

佐江は川村の肩を叩いた。川村は黙って頷いた。

やがて覆面パトカーが本郷市に到着した。

「阿部佳奈」が宿泊するのは、ＪＲの駅から少し離れた位置にあるビジネスホテルだった。「阿部佳奈」に対する事情聴取は、Ｈ県警本部ではなく、本郷中央警察署でおこなうことになっている。その理由はふたつあった。

ひとつは、川村がいうように県警本部に多くの記者が詰めかけているため、「阿部佳奈」のことを嗅《か》ぎつける者が現れないとも限らないというもの。もうひとつは、「冬湖楼事件」の捜査本部がもともと本郷中央警察署に設けられていたことだった。冬湖楼は、本郷中央警察署の管轄区域にある。

チェックインには川村がつき添った。偽名での宿泊だ。

その後、本郷署に向かう。向かう途中、「阿部佳奈」の携帯が鳴った。手にした「阿部佳奈」がいった。

「モチムネの会長からです。でていいですか」

佐江は頷いた。「阿部佳奈」は携帯を耳にあてた。

「はい。そうです」

川村がミラーの中で女を見つめている。

「いえ、大丈夫です。今は……ちがいます」

「前を見ろ」

佐江はいった。信号を無視しかけた川村があわててブレーキを踏んだ。

「いえ。別の場所です」

女が携帯に告げた。用宗佐多子の言葉に耳を傾けていたが、

「えっ」

と声をあげた。

携帯を手でおおい、

「会長が、悟志を呼ぶので対決しろといっています」

告げた。

「目的は何だ？」

佐江は訊ねた。

「会長は悟志を疑っているようです。高文盛との関係を含め、わたしたちの前で洗いざらい、話させる気です」

「本当ですか?!」

川村が声を上ずらせた。

「悟志がほしなら、事件は解決します」

「そう、うまくいくかな。我々も立ち会うといえ」

佐江は告げた。女は携帯を耳にあてた。

「もしもし、それはおうけします。ただし、冬湖楼でお会いした二人の刑事さんもいっしょでかまわないでしょうか」

用宗佐多子が返事をしている。

「いえ、わたしひとりでの行動は難しいと思います。わたしはまだ重要参考人ですから」

どうやら用宗佐多子は、「阿部佳奈」ひとりを呼びだしたいようだ。

「ひとりは駄目だ」

佐江はいった。用宗佐多子が犯人だという疑いが完全に晴れたわけではない。

「はい。それなら大丈夫だと思います。で、場所はどちらでしょうか」

女は佐江を見た。

「モチムネ本社。はい、わかりました。日取りは？　今日ですか」

佐江は女に頷いた。

「うかがえると思います。何時に？　十八時ですね。わかりました」

電話を切った。

「この二日間、何度かこの携帯に連絡を下さったようです。つき添いの女性警官の方に、携帯の電源は切るようにいわれていたので……」

「通話記録を調べるために押収されてもおかしくなかった」

佐江はいった。

「今日の十八時にモチムネ本社にきてほしいとのことでした。午後からの会議にでるために、悟志も本郷入りしているそうです」

女がいうと、川村が首を傾げた。

「十八時って、遅くないですか」

「社員が帰ったあとにしたいのだろう。冬湖楼で人払いをしたのと同じ理由だ」

佐江は川村にいった。

「大丈夫でしょうか。あの晩やりそこなった連中が待ちうけているとか」

川村は不安げな表情を浮かべている。

「モチムネの本社で、ですか。十八時なら、まだ残っている社員もいるでしょうし、わたしたちがモチムネにいくというのは、警察の他の人にも伝わります。たとえ会長か悟志が犯人でも、本社で人殺しをしようと考えるでしょうか。まして、あんな事件の直後です」

女がいった。

「佐江さんはどう思います？」

川村は佐江を見た。

「絶対に安全とはいいきれない。が、ここは向こうの要求を呑むしかないだろうな。銃はあるのか？」

「自分に貸与されていたものは証拠品として提出しましたので、別の銃を借りました」

川村は答えた。佐江も同じ理由で提出したが、代替品の貸与は断られた。

佐江はH県警の人間ではないから、当然といえば当然だ。

「俺は丸腰だ。もっともこの前はたまたまうまくいっただけで、たとえ俺がもっていたとしても、四人も五人も銃をもったのを敵に回したら逃げられない。ただあのとき二人には傷を負わせている筈だから、同じ連中がくるとしたら、残った二人だけだ」

佐江はいった。県警は緊急配備をしいて主要道路と他県を含めた近隣の病院を監視したが、襲撃グループの足取りはつかめていない。佐江の勘では、おそらく車を乗りかえて逃走している。東京までつっ走り、口の固い病院に負傷者を担ぎこんだのだ。最近は法外な治療費とひきかえに、弾傷など届出の必要な患者をこっそり診《み》る病院があるという。

医師や病院が儲かる時代ではなくなって、違法な診療を始めたのだ。犯罪者どうしのクチコミでその存在が伝わり、あっというまに極道御用達の病院となる。

税金がかからず保険請求も必要ないので、医師にとってもうまみのある職場だ。犯罪者と医師と、ギブアンドテイクの関係が成立する。

すべての医師に高い倫理観があるわけではない。患者に処方すべき麻薬に自ら中毒したり、女性に使用して暴行を働くような悪徳医師を、佐江は見ていた。

そういう連中は、時間や金を費やして医師になった自分には特権があると思いこんでいて、それゆえ薬物の濫用《らんよう》が許されると考えている。

法の下の平等という言葉を知るのは、手錠をかけられ医師免許を剝奪《はくだつ》されたときだ。

「あいつら……」

川村はつぶやいた。

「何者でしょうか」

「組を破門されたりして、いき場のないような元極道だろうな。フリーで、殺人や傷害の仕事を請け負っているんだ。モチムネの東京支社で俺たちを襲ったのと同じ連中かもしれない」

「悟志が雇ったんですね」

「本人に訊けばわかる」

「素直に認めるでしょうか」

女がいった。

「わからない。ただあの晩会長は、冬湖楼に俺たちがくることを悟志には話していないといっていた。それが事実なら、奴らを雇ったのは悟志じゃない」

「孫をかばうために嘘をついたとは考えられませんか」

川村がいった。

「その可能性はある」

「一度しか会ってはいませんが、会長は責任感の強い人だと感じました。いくら孫をかばうためでも、そんな嘘をつくでしょうか」

女がいった。

「人を殺すような人間は、どんな嘘でもつきますよ。ねえ、佐江さん」

川村が求めた同意に、佐江は首をふった。

「それはどうかな。人殺しはしても嘘はつかないという人間を、俺は何人か知っている。不器用というか、小狡《こずる》く立ち回れないような奴らだった」

「だった？」

川村が訊き返した。

「皆、死んだか刑務所の中だ」

車内を沈黙が包んだ。

45

万一に備え、新課長の森に、川村はモチムネ本社を訪ねることを告げた。会長の用宗佐多子が「阿部佳奈」を呼びだしたのだというと、森は絶句した。

「いったい何のためなんだ……」

「孫である用宗悟志と対決させるようです。大学生だった妹が薬物中毒死した責任は悟志にあると重参は考えていて、ところが当の悟志はそれを否定したのだそうです。どちらが嘘をついているのか、会長ははっきりさせたいのだと思います」

「それは家族の問題だろう」

「重参の話では、悟志はそれを理由に高文盛に脅され、モチムネ株の譲渡に同意しているそうです。会長は確かめようとしているのだと思います」

「襲撃してきたのはプロだと佐江さんはいっていたな。悟志が雇ったのではないのか」

「その可能性は高いと思います」

森は唸り声をたてた。声をひそめる。

「高野刑事部長は、事件とモチムネがつながるような発言は控えるようにと捜査員に命じておられ、それには県警本部長も同意されている。よほどの証拠、たとえば悟志の自白でもない限り、取調べるのは難しい」

「今夜、それがはっきりします。ただもしかするとまた襲われるかもしれません。自分と連絡がつかなくなったら、モチムネの捜索をお願いします」

「それは、刑事部長の許可があれば、もちろんそうする」

森の答えは歯切れが悪かった。仲田とはちがい、高野の意思と異なる捜査に躊躇《ちゅうちょ》を感じているようだ。

川村は小さく息を吐いた。仲田が亡くなったという実感はまだない。だが仲田を失った痛みを、こんな形で味わうとは。

「わかりました。とにかく十八時に我々三名がモチムネ本社に入ったという記録をお願いします」

「わかった」

電話を切り、川村は腕時計を見た。今は本郷中央署にいる。佐江と「阿部佳奈」は会議室にいて、電話をかけるために川村は廊下にでていた。

じき五時四十分になる。本郷中央署はＪＲの駅に近いので、モチムネ本社までは歩いても二分とかからない。

夕刻の帰宅時間と重なり、本郷駅前も車や人通りが多い。夫や子供を迎えようと、駅から離れた住宅に住む主婦がハンドルを握る軽自動車がロータリーに行列を作っている。

「そろそろでましょう」

会議室に戻り、川村はいった。佐江は窓ぎわに立ち、重参は椅子にかけている。重参の落ちつきぶりは只者《ただもの》ではない、と川村は思った。

「歩いていくのか」

窓から外を見ていた佐江がふりかえった。

「目と鼻の先ですから。危ないと思いますか？」

川村は訊き返した。

「いや、この夕方の時間帯に路上で狙撃することはないだろう。目撃者がおおぜいでるし、逃げるのも簡単じゃない」

「万一の用心に抗弾ベストを三着借りました。拳銃は、駄目でしたが」

川村は抱えていたベストをテーブルにおいた。佐江がとりあげ、重参が着けるのを手伝う。ニットのワンピースの上から着け、薄手のコートで隠した。

佐江と川村はジャケットの下だ。ベストを着けると上着のボタンははめられない。

「もっと早く借りるべきでした」

川村がいうと佐江は首をふった。

「ベストを着ていても弾をくらったら、アバラが折れることもあるし、内臓にダメージもうける。銃によっちゃ貫通する。盲信しないほうがいい」

「佐江さんは撃たれたことがあるんですか？」

川村が訊くと、

「ベストがありでもなしでもな」

佐江は答えた。川村はため息を吐いた。

「警視庁勤めじゃなくてよかった」

「警視庁の刑事が誰でもそんな思いをするわけじゃない。たまたま俺がそうなだけだ」

「恐いと思ったことはないのですか」

「阿部佳奈」が訊ねた。

「いつも恐いさ。今度こそ殺されると、涙が止まらなくなったこともある。だが生きのびられた」

「何度もそんなことがあったら、自分は不死身だと思うのじゃないですか」

川村はいった。佐江は首をふった。

「逆だ。いつか殺されると思っている。これまではたまたま生きのびられたが、今度こそ殺られるだろう、と」

「でも警察官を辞めたいとまでは思わない？」

「阿部佳奈」がいった。佐江はあきれたように見つめた。

「あんたがそれをいうのか。辞表を上司に預けていた俺を、ここにひっぱりだしたのは誰だ」

「阿部佳奈」は微笑んだ。

「佐江さんが警察を辞めてしまう前で本当によかったと思っています」

ついていけない、と川村は思った。この二人は、自分の想像を超えている。

本郷中央警察署を徒歩ででた三人は、駅前の雑踏を進み、モチムネの本社ビルに入った。パーティのときとはちがい、ビル内は人気《ひとけ》が少ない。午後五時を過ぎているからか、受付には制服姿の警備員が二人いた。

三人が近づくと、

「ご用件を」

と、ひとりが訊ねた。

「用宗会長にお会いしに参りました。阿部と申します」

警備員は手もとに目を落とし、頷いた。

「あとのお二人のお名前をお願いいたします」

「H県警の川村です」

「警視庁の佐江です」

「承《うけたまわ》っています。これをおもちになって、つきあたりのエレベータで十五階におあがり下さい。エレベータの読みとり機にこのカードのICチップをかざしていただくと十五階のボタンが押せますので」

警備員は告げ、ケースに入ったカードを三枚さしだした。

川村は緊張した。ICチップ入りのカードをもたない者は十五階まであがれない。つまり密室と同じだ。殺し屋の襲撃をうけて応援を要請しても、すぐにはこられない。

その上ここはモチムネの本社ビルだ。たとえ応援要請をしても、新課長の森は高野刑事部長におうかがいを立てるだろう。それを待っていたらどのみち助からない。エレベータが十五階で止まろうが止まるまいが、待ち伏せされていたら、自分は殉職することになる。

そう考えると逆に開き直りが生まれた。カードを受けとり、正面のエレベータホールに歩きだす。

エレベータホールまでのびた通路に人影はなく、三人の足音が壁や天井に反響した。ボタンを押し、扉の開いたエレベータに三人は乗りこんだ。読みとり機は並んだボタンの下にある。カードをかざし「15」のボタンを押した。

エレベータが上昇した。動きだすと同時にBGMが流れだす。やさしいメロディは油断を誘う罠のように聞こえた。

川村は思わず上着の中の拳銃に触れた。今、銃をもっているのは自分ひとりだ。エレベータを降りたところに殺し屋がいたら、ためらわず撃たなければならない。

「落ちつけ」

佐江がいった。

「彼女がいったろう。このビルで簡単には人殺しはできない」

心の動きを読まれていたのだ。川村は恥ずかしくなった。

十五階に到着し、エレベータの扉が開いた。

冬湖楼にもいた松野と河本が立っていた。一階の警備員から知らせをうけたのだろう。

「ご足労をおかけして」

松野が「阿部佳奈」に腰をかがめ、佐江と川村に、

「ご苦労さまです」

と告げた。

「弊社会長と社長、それに東京支社長がお待ちしております」

河本がいった。

「社長も？」

思わず川村が訊くと、

「会長が呼びました。今夜の話は、社長の耳にも入れておきたいとおっしゃって」

河本は答えた。用宗家の親子三代がそろって待っているわけだ。

エレベータホールを進み、正面にある「第一応接室」と書かれた扉を河本が押した。

「おみえです」

本郷市街を見おろす大きな窓の手前に、二十人はすわれる応接セットがおかれていた。そこに車椅子の用宗佐多子、用宗源三、用宗悟志がいた。口ヒゲを生やし高価そうなスーツを着けた用宗源三は、いかにも経営者といった押しだしがある。が、その目はかたわらの用宗佐多子を落ちつきなくうかがっていた。

一方、悟志は体にフィットしたスーツを着て、エリートサラリーマンといった趣だが、不愉快そうに川村たちを見つめている。

佐多子は和装で、パーティのときのことを川村は思いだした。

「お呼びだてして申しわけありません。冬湖楼で中断してしまった話のつづきをしたくて。まさかあの日、県警の課長さんが亡くなられるとは思いませんでした。川村さんでしたね。お悔やみを申しあげます」

佐多子がいって頭を下げたので、

「いえ、そんな……」

川村はしどろもどろになった。

「今日はすべてをはっきりさせようと、息子と孫も同席させております。モチムネの社長と東京支社長です」

「初めまして」

「阿部佳奈」が源三に告げた。

「いや、こちらこそ」

源三がいった。押しだしのある風貌に似合わず小さな声だ。

「悟志さんには一度お会いしていますが、改めて阿部佳奈です。学生時代、悟志さんとおつきあいのあった阿部美奈の姉です」

「だからいった筈です。阿部美奈などという人は知らないんだ」

悟志が甲高い声をだした。

「あわてないの。話をすればはっきりすることです。どうぞおかけ下さい」

佐多子がいって、川村たちは応接セットに腰をおろした。

「お茶とコーヒー、どちらがよろしいですか？」

河本が訊ねた。

「けっこうです」

川村は答えた。河本を疑いたくはないが、毒を盛られる可能性がないとはいえない。

佐江と阿部佳奈はコーヒーを頼んだ。

飲みものがいき渡ると、佐多子が口を開いた。

「悟志、わたしから確認します。この方の妹さんに、あなたは本当に心当たりがないというの？」

厳しい声音だった。悟志は頷いた。

「はい」

「では、わたしが東京の久本という人にお金を払いつづけた理由は何だったの？」

「おばあさまはだまされていたんです」

硬い表情で悟志は答えた。

「それならばなぜ、あのときそういわなかったの？『助けて下さい、おばあさま』と、あなたはいった。あれは何？」

「それは……。暴力団に脅迫されて恐かったのです」

「いわれのないことを理由に脅迫されたの？」

「そうです。そのときも、僕が知らない女とつきあっていたといわれました。その女が死んだのは僕のせいだ。だからお金を払え、と」

「身に覚えがないのなら、きっぱり断ればよいことです」

「でも相手はやくざです。断ったら何をされるかわからなかった」

悟志は佐多子に告げた。佐多子は深々と息を吸いこんだ。

「あなたを信じたい。あなたはかわいい孫であり、モチムネの将来を背負う人だから。でも、もしあなたが今いったことが嘘だったら、あなたは鬼畜にも劣る最低の人間ということになる。もしそうなら、家族の縁を切り、モチムネからあなたを叩きだす。株も含め、あなたに与えているものはすべてとりあげます」

「お母さん、それはいくらなんでも――」

源三がいいかけた。

「あなたはまだ喋らない。喋っていいとはいっていません」

佐多子がぴしゃりといい、源三は黙った。

悟志の顔は蒼白だった。

「どうなの？　もしここで本当の話をして詫びるなら、今日限りのこととしましょう」

「おばあさま、僕は――」

悟志の喉仏が激しく上下した。

川村は「阿部佳奈」を見た。「阿部佳奈」は静かに悟志を見つめている。

応接室の中はしんと静まりかえった。

「僕は……」

「あなたが何なの？」

佐多子が訊ねた。はっとするほどやさしい声だ。川村は気づいた。この極端な厳しさとやさしさで、佐多子は人を支配してきたのだ。

意に染まない人間にはとことん厳しくし、いうことを聞く者には母のようにやさしく接する。経営者としても人間としても、それを通してきたにちがいない。

「ごめんなさい！　申しわけありません」

悟志が叫んでテーブルにつっ伏した。

「僕が嘘をつきました。美奈と僕はつきあっていました。まさかあんなことになるとは思わなかったんです」

「あんなことというのは、どういうこと？」

佐多子がやさしい声でうながした。

「バイト先で倒れて、急性心不全で亡くなりました」

「その理由に心当たりはあるの？」

「そのときはわかりませんでした。でも——」

「でも、何？」

「僕たちは、バツというクスリにはまっていて……。そんなに体に悪いとは思ってなかったんです」

佐多子が訊ねるように佐江を見た。

「バツはエクスタシーという名でも売られていたドラッグです。当初は合法だと思われていましたが覚醒剤と似た成分が含有されるのが判明して、禁止になりました。多用すれば当然、心臓や他の臓器に負担がかかる。おそらく美奈さんはもともと心臓が弱かったのでしょう。アルコールと併用すると、さらに危険です」

「妹はキャバクラでアルバイトをしていました。聞いた話では、お客さんとのゲームに負け、テキーラを何杯か飲んだあと、倒れたのだそうです」

「阿部佳奈」がいった。佐多子は目を閉じ、深々と息を吸いこんだ。

「よく正直に話しましたね。でもあなたがしたのは、とり返しのつかないことです」

「ごめんなさい！　でも美奈が死ぬなんて思わなかったんです」

テーブルに顔を伏せたまま悟志がいった。

かたわらの源三は大きく目をみひらいて息子を見つめている。その唇がわななき、

「本当なのか、悟志」

とつぶやいた。佐多子がいった。

「本当です。悟志を東京の大学にやり、好き勝手させた責任は、わたしとあなたにもあります。その結果、人が亡くなった」

「でもどうしてそんな重大なことがずっとわからなかったのです？」

源三がいった。

「それは――」

佐多子が佐江を見た。

「あなたの口から説明して下さい」

「よろしいのですか」

「わたしの口からはいえません。いえ、いいたくありません」

「悟志さんに当時バツを売っていた久本は、砂神組という暴力団に所属する売人でした。美

奈さんが亡くなり、動転した悟志さんから連絡をうけた久本は自分と悟志さんを守るために偽装工作をしました」

「偽装工作？」

「美奈さんの部屋から悟志さんの痕跡を消し、かわりに美奈さんが不特定多数の男と交際していたように装ったのです。簡単にいうなら、売春婦の住居のようにかえてしまった。警察はそれにひっかかった。少しでも鼻のきく刑事なら、そんな偽装を信じなかったでしょうが、キャバクラ嬢という先入観もあり、だまされてしまったようです」

「そんなことが……」

源三の顔に嫌悪の表情が浮かんだ。

「その久本という男は悟志にお金を請求しました。一度はあなたが払った。そうよね？」

佐多子の言葉に悟志はようやく顔をあげた。

「はい。百万円、工面して渡しました。でもひと月もしないうちに、工作を手伝わせた連中がもっと欲しがっているといってきたんです」

「実際は手伝いなどいませんでした。久本はすべてひとりでやり、口止め料を請求したのです」

「いったい、いくら払ったのです？」

源三が訊ねた。

「毎月五十万円ずつ現金で九年近く払いました」

佐多子が答えた。

「そんなに?! ここまでとりにきたのですか、そいつは」

「いいえ。東京まで届けてもらいました」

「誰が届けたんです？」

「河本多喜夫さんです」

佐多子は答えた。源三がはっとしたように河本を見た。

「君のお父さんか」

「私も今知りました」

河本はとまどったようにいった。

「河本はずっとわたしに仕えてくれました。口も固く、一番信用のできる人でした。家族の恥を隠す仕事を任せられるのは、河本しかいなかった」

佐多子がいった。

「口止め料を受けとっていた久本ですが、二年前に高速道路で事故死をしました。『冬湖楼事件』の一年後です」

佐江がいった。

「えっ」

源三が叫んだ。悟志も驚いたように佐江を見た。

「あるときから請求がこなくなり、どうしたのだろうとわたしも思っていた。でも佐江さんのお話を聞いて、理由がわかりました」

「請求が途絶えたことからも、久本に共犯がいなかったのは明らかです。もしいれば、請求はつづいていた筈です」

佐江がいった。

「知りませんでした。おばあさまがずっとお金を払いつづけていたなんて」

悟志がつぶやいた。

「わたしが墓場までもっていけばいいことだと思っていましたから。でも、そうはいかなくなりました。源三、モチムネを乗っ取ろうとしている人間がいるのを、あなたは知っていますか」

佐多子の問いに、源三は目をみひらいた。

「えっ、嘘でしょう」

「だからあなたは駄目なの！」

厳しい言葉を浴び、今度は源三がうつむいた。

「そんな……。まるで知りませんでした」

「乗っ取りを企てているのは高文盛よ」

「まさか！　お母さん、いくらなんでもそれはありませんよ。大連光電は、うちの最も大切なパートナーです」

「悟志。あなたなら説明できるでしょう」

佐多子の言葉に悟志ははっと顔をあげた。表情がこわばっている。

「悟志、どういうことだ？」

源三がいった。悟志は無言で唇をわななかせている。

「説明しろ！　悟志」

源三が声を荒らげた。

「落ちつきなさい。わたしの死後、三十八パーセントのもち株は現経営陣に配分され、悟志は十パーセントから十八パーセントに増える。高はそれを買いとる約束を悟志としている」

「そんな馬鹿なっ。悟志はいずれモチムネの社長になる人間ですよ。買収になど応じる理由がないじゃありませんか！」

源三が叫んだ。

「わたしは耳は悪くない。大声をださないで」

佐多子が叱りつけ、源三はびくりと体を震わせた。

「その理由が、今話にでた悟志の不始末です。高文盛はどこからかこのことを知って、株を譲らなければ公表すると脅したのです。そうなんでしょう、悟志」

「はい」

悟志が頷くと、源三が訊ねた。

「でも、なぜそんなことがわかったのです？　高文盛がお母さんに話したのですか」

「そんな筈があるわけないでしょう！　こちらの阿部佳奈さんからうかがったの。阿部さんは冬湖楼で亡くなられた上田弁護士の秘書で、上田弁護士は高文盛の代理人だったんです」

「阿部佳奈」が口を開いた。

「上田先生は、大西さん、新井さんと奥さま、そして悟志さんの所有する株を譲りうける契約を進めていました。その合計は三年前は三十二パーセントでしたが会長が亡くなられ相続が完了すれば五十五パーセントに達します」

「だが大西と新井は――」

「新井さんは亡くなり、その株は奥さま、つまり社長の妹さんが相続され、大西さんは今も昏睡中ですが、奥さまがその所有権をおもちです」

「であるとしても三十五パーセントです。決定権の三分の一以上をもつことになるのですよ」

「妹がハンをつく筈ない」

「阿部佳奈」がいった。

佐多子がいった。

「やがてあなたも冴子も死ぬ。そうなればモチムネは高文盛のものになる」

冴子というのは源三の妹で新井の妻の名前だ。

「でも、なぜ高はそこまでして、うちを乗っ取りたいんだ」

源三がつぶやいた。「阿部佳奈」がいった。

「モチムネにはパテントと優れた技術力があるのに、限られた製品しか生産していません。新たな製品、事業展開をすれば、今の何倍もの規模に成長することが可能だと高文盛は考えています。現経営陣にはそういう発想がまったくない、と」

「無謀な事業展開で屋台骨をおかしくした企業はいくらでもあります。それを一切しないからこそ、モチムネは長く事業をつづけ、地元にも貢献してきたのよ。そしてそれは亡くなった主人の遺志でもあります。創業者の遺訓を守らなければ、必ずその会社は駄目になる」

佐多子がいった。

「でも悟志さんは高文盛の計画に可能性を感じていたのではありませんか」

「阿部佳奈」がいうと、

「何をいうんだ」

悟志は色をなした。

「そんなこと露ほども考えていない」

「そうでしょうか。高文盛がモチムネを買収したとしても、日本側の責任者にあなたをすえるという密約を交わしていたのではありませんか。大連光電の援助を得て事業拡大するモチムネの日本側責任者に就くのは、今のままのモチムネの社長になるより魅力的だと感じたのではありませんか」

「失敬な。いくらなんでもそんなことを考える筈がないだろう！　おばあさま、信じないで下さい」

悟志はすがるように佐多子にいった。佐多子は黙っている。

「まさか信じているのではないでしょうね」

「お母さん、悟志もそこまで親不孝者ではありませんよ」

源三が味方した。

「では訊きます。三年前、冬湖楼にいた人たちを襲った人間を、あなた方は知っている？」

佐多子がいった。

「えっ」

源三は目をみひらき、

「そんな」

悟志はぽかんと口を開いた。

「あの事件を起こした犯人の狙いは、モチムネの買収を防ぐことだとわたしは思っています。事実、高文盛があきらめていないにしても、上田先生や新井さんが亡くなり、大西副社長が昏睡していることで、株の買収計画はストップしました」

「阿部佳奈」がいった。佐多子が頷いた。

「それを考えると、わたしか源三、悟志、この三人のうちの誰かが人殺しをさし向けたことになる。わたしはしていない。すると、あなたたちのどちらかだということになる」

「お母さん！」

「おばあさま！」

「悟志が本心では買収を望んでいたというのなら、犯人ではないでしょう。でも脅迫されて株を売り渡すつもりだったのなら、買収を止めたいと思っていた筈です」

「それはそうですけど、殺し屋なんて僕が使うわけないじゃないですか。いったいどこでそんな人間を見つけるんです」

悟志が祖母にかみついた。

「それが方法はあるんです」

佐江がいった。

「方法？」

「砂神組です。あなたにクスリを売っていた久本のいた組は、『中国人』という渾名のフリーランスの殺し屋と契約していた時期がある」

「そんな……。僕じゃない。砂神組なんて知りませんよ！　いくら僕が昔クスリを買っていたからって、殺し屋なんて雇うわけないじゃありませんか」

悟志は叫んで、祖母にすがった。

「おばあさま！」

佐多子は無言だ。

「お父さん！」

源三を見た。源三も無言だった。信じられないように息子を見つめている。

「信じたい」

やがてぽつりと佐多子がいった。

「わたしもあなたを信じたい。でも、阿部さんや佐江さんの話を聞いていると、あなたしか犯人はいない、と思えてくる」

「おばあさま……」

悟志は顔を歪《ゆが》めた。

「ひどい。いくらなんでもひどすぎる」

「罪を認めたくないのはわかる。悟志、本当のことをいってくれ」

源三がいった。悟志は目をみひらいた。

「お父さんまで、そんなことをいうんですか」

悟志は佐江を見た。

「美奈のことで僕が嘘をついたのは事実だ。久本に助けてくれと頼んだのも本当だ。確かに卑怯で許されない行為だったと思う。でも人殺しなんてしていない。いくら脅迫されていたって、するわけがない」

決然とした表情を浮かべている。

「高文盛に脅迫されたことは認めるのですな」

佐江の問いに悟志は頷いた。

「ではお訊きしますが、高文盛はいったいどうやって美奈さんのことを知ったのです？」

「それは……」

「高はあなたに話しましたか？」

悟志は首をふった。

「いえ。僕も不思議には思いましたが、久本からでも聞いたのだろうと……」

「確かにその可能性はあります。『冬湖楼事件』の一年後まで久本は生きていました。ですが、高文盛と久本をつなぐものがない。高文盛は日本に留学していた時期、暴力団が経営する風俗店で働き逮捕された過去がありますが、それは砂神組ではない」

佐江がいった。悟志は何度も首をふった。

「わからない。僕にはわからない」

「それならば直接、高文盛に訊いてもらえますか」

「えっ？　でもどうやって……」

「高はもう中国に帰ったのでしょうか」

佐江は源三に訊ねた。

「視察団は関西を巡る観光旅行中で、今は大阪にいる筈です」

「高文盛を本郷に呼び戻すことはできますか？　たとえば買収のことを聞いたので、それについて話し合いたいなどともちかけて」

佐江がいうと、源三は目をみひらいた。

「話し合うって、いったい何を……」

「あなた自身が買収に興味のあるフリをするというのはどうです」

「馬鹿なっ。私はモチムネの社長だ。買収などに応じるわけがない」

源三の顔が赤くなった。

「でもわたしが死ぬまでは、モチムネはあなたの思い通りにはならない。あなたが買収に応じたら、わたしが生きていても高はモチムネの経営権を手に入れられる」

佐多子がいった。

「お母さん！　そんなことをいわないで下さい」

「あくまで方便の話です。悟志から買収の話を打ち明けられ、興味をもったフリをしろと佐江さんはいっているの。なにも本当に買収に応じなさいという話じゃありません」

佐多子がいらだったように源三をにらんだ。

「あっ、そういうことですか。でも会って訊いたとしても、高は本当の話をするでしょうか」

ようやく理解したのか、源三は答えた。

「あなたと悟志だけでは無理ね」

佐多子はいって、佐江に目を向けた。

「佐江さんにも同席してもらいましょう」

「私がですか」

佐江もさすがに驚いた顔になった。

「ええ。モチムネの人間ということにすればいいのです」

佐多子は頷き、「阿部佳奈」に目を向けた。

「あなたは高文盛に会ったことはあるの？」

「阿部佳奈」はとまどったような表情を浮かべた。

「はい。だいぶ前のことですが」

「まだ覚えているかしら」

「それは……わかりません」

「代理人をつとめていた弁護士の秘書が話し合いに出席するのは不自然ではない。そうでしょう？」

有無をいわせない口調で、佐多子は「阿部佳奈」に迫った。

「それは……そうですが」

佐江が無言で「阿部佳奈」を見た。川村ははっとした。高文盛は、上田弁護士のもとで働いていた本物の阿部佳奈を知っている可能性が高い。もし偽者だと見破られたら、高の口から真実を引きだすのは難しくなる。

「阿部さんを巻きこむのは反対です」

川村はいった。

「先日の歓迎パーティの会場で、阿部さんを刺そうとした男がいたことは冬湖楼でお話しした筈です」

「そんなことがあったのか」

源三が驚いたようにいった。

「その話を聞いて、わたしも驚きました」

佐多子が頷いた。

「その男が大連光電の東京支社からでてくるのを私は見ました。彼女を刺そうとしたのは、大連光電の社員です」

佐江がいうと、源三は信じられないように首をふった。

「高文盛が命じたというのですか」

「そこまではわかりませんが、可能性はあります」

「待って下さい。あなたは上田先生の秘書で、買収工作の手伝いをしていたのでしょう。そんな人をなぜ高文盛が襲わせるのです？」

　悟志がいった。その通りだ、と川村も思った。あのジャンパーの男は、なぜ「阿部佳奈」を刺そうとしたのだろう。

「それは……高はパーティ会場にわたしがいるのを知って動揺したのかもしれません。会長や社長に買収工作のことが伝わると考え、その前にわたしの口を塞ごうと思ったんです」

「人でいっぱいだったあの会場で、あなたに気づき、しかも殺すように手下に命令したというのですか。短時間でしかも大勢に囲まれている高に、そんなことができたでしょうか」

　悟志が疑わしげにいった。

「確かにその通りだ。だとすれば高は阿部さんがあのパーティに現れるのを知っていたことになります。つまり、誰かが前もって高にそれを知らせた」

　佐江がいうと、全員が沈黙した。

「いったい誰が知らせたというんだ」

　源三がつぶやいた。

「モチムネの人間でしょう。それ以外ありえません」

　佐多子がいった。

「社員の中にも、高がモチムネを買収するのを望んでいる者がいるということですか」

　源三は息を吐いた。

「どうやらそのようですね。知らなかったのは、あなたとわたしだけかもしれない」

「そんな……。お母さん、それはあんまりです。お母さんも私も、社員のことをずっと一番に考えてきたじゃありませんか」

「ここで愚痴《ぐち》をいっても始まりませんよ。わかりました。阿部さんに同席していただくのはやめましょう。とにかくあなたは高に連絡をとって、中国に帰る前に本郷にきていただきなさい。わたしとあなた、悟志と佐江さんの四人で、高と話をします」

佐多子が断言した。

「わかりました。今夜にでも、高の携帯に連絡をしてみます」

「わたしや佐江さんが同席することを話してはいけませんよ。高が逃げるかもしれません」

佐多子が念を押した。

「ご協力、感謝します。高文盛が真実を吐けば、『冬湖楼事件』は解決に近づくと思います」

佐江がいった。

「時間と場所が決まったら、阿部さんの携帯にわたしから連絡を入れます」

佐多子は頷いた。

「わたしたちにとって、決して楽しい話にはならないでしょうが、この機会に、モチムネの膿《うみ》を全部だしてしまうの」

「お母さん」

「おばあさま」

佐多子は息子と孫に目を向けた。

「あなたたちも覚悟をなさい」

46

三人がモチムネ本社ビルをでたときは、日がすっかり暮れていた。ヘッドライトが本郷駅前をいきかっている。

川村が大きく息を吐いた。

「ほっとしたか。無事に話し合いが終わって」

佐江はいった。

「はい。何が起きてもおかしくないと覚悟していましたから。こんなにあっさり話が終わるとは思ってもいませんでした」

「だが悟志が犯人だという証拠は得られなかった」

「悟志ではないと思います」

「阿部佳奈」がいった。佐江は頷いた。

「本人が認めたように卑怯者かもしれないが、人を殺せるほどのワルじゃない」

「わたしもそう感じました。悟志が犯人だったら、本物の佳奈さんもすっきりしたでしょうけれど、そうじゃない。『冬湖楼事件』の犯人は、悟志ではありません」

「じゃあ会長ですか。それはないですよね。会長だったら、高を呼び戻せといいだす筈がない」

川村がいった。

三人は本郷駅構内のレストランに入った。夕食を注文し、小声で話をつづける。周囲に他の客はいなかった。

「会長でもないだろう。もし会長なら、とんでもないキツネだ。人を殺しておいて、息子や孫を叱りつけるなんて、できることじゃない。あんたが前にいっていた通り、会長はちがうな。ただしあの婆さんの存在が、事件の原因となった可能性は高い」

「すると社長ですか。でも、社長にもそんな度胸があるようには見えなかった」

川村がつぶやいた。

「あの三人ではないと思います」

「阿部佳奈」がいった。

「じゃあ誰なんです？」

「まだわかりません。高なら知っているかもしれません」

「高が？　でも株の譲渡を防ぐのが犯人の目的だったのじゃありませんか」

川村が訊き返した。

「とも限らないような気がしてきた」

佐江はいった。

「えっ？」

「これまでのことが公になったら、状況しだいで今の役員はモチムネの経営から手を引かざるをえなくなる」

「犯人はそれを狙ったというんですか。だとしたらその理由は何です？」

川村が訊ねた。

「あの親子への復讐かもしれません」

「阿部佳奈」は答えた。

「復讐？」

川村はあっけにとられたような顔をした。

「一族による会社経営がつづけば、歪みが生まれます。その歪みが犯人の動機になったのではないでしょうか」

「阿部佳奈」は説明した。

「つまり用宗一族を憎んでいる人間の仕業だというのですか」

川村の問いに「阿部佳奈」は頷いた。

「だったらなぜあの親子を狙わないんです?」

「それはわかりません。しかし経営者の座を逐《お》われるのは、あの親子にとって殺されるよりつらいことではないでしょうか。特に会長には」

川村は考えこんだ。

「とりあえず俺はこれから新宿に戻る」

佐江はいった。

「ひとりでですか」

「阿部佳奈」が驚いたようにいった。

「署で予備の銃を借りて、俺たちを襲った連中の情報を集めるつもりだ」

「だったら自分もいきます」

川村が顔をあげた。

「お前はここでこの人を守れ」

「でも佐江さんひとりでは危険すぎます」

「危ないのはお前の首だ。これからの俺のやりかたは荒っぽくなる」

本音だった。砂神組の米田を締めあげるのだ。

「本当にひとりで調べる気ですか」

「阿部佳奈」は佐江を見つめた。

「ああ」

わずかな沈黙のあと「阿部佳奈」がいった。

「今からいう番号を携帯に入れて下さい」

「誰の番号だ？」

「佐江さんの役に立ってくれるかもしれない人物です。何ヵ月かおきに番号をかえているので、もしかすると今は通じないかもしれません」

女が口にした番号を、佐江は携帯に打ちこんだ。

「かけて、応答があったら、その人間にマイの紹介だというんです」

「マイ？　あんたの名か」

「ベトナム人にはそれで通じます」

「ベトナム人？」

佐江は目をみひらいた。

「ダンと話したい、そういえばつないでくれる筈です」

「ダンというのは何者なんだ」

「日本のベトナム人社会の顔役です」

「犯罪組織のボスか」

過去一年間の外国人の刑法犯検挙件数で最も多かったのがベトナム人の犯罪だ。二番めが中国人で三番めがブラジル人である。警視庁は、すでに日本国内のベトナムマフィアのグループが複数存在していると見ていた。だが中国マフィアに比べ、実態の把握に苦慮している。

「ダンは中国や日本の裏社会ともつながっています。佐江さんに役立つ情報を提供してくれるかもしれません」

「マイの紹介だ、というだけでか？」

「阿部佳奈」は微笑んだ。

「ダンの弟が中国で殺されそうになったのを、たまたま助けたんです」

川村はあっけにとられたように女を見つめている。

「いつの話だ？」

「三年前です」

「だったらこの番号がつながる筈ない」

「ダンの弟からは何ヵ月かに一度メールが届きます。そこに新しい番号が入っています。お教えした番号は先月のものです。もしかすると古くなっているかもしれません」

「なぜダンが俺の役に立つ情報をもっていると思う？」

「武器です。ダンは日本や中国の犯罪組織に武器を卸しているんです」

「銃の密売人なのか」

新宿でガンショップを経営する元倉《もとくら》のことを佐江は思いだした。

「銃だけではなく、ナイフやスタンガンも扱っています。ダンではなく、ダンの手下が」

佐江は息を吸いこんだ。

「だったらなぜあんた自身が、ダンに当たらなかったんだ？」

「『冬湖楼事件』で使われた銃のことは公表されていません」

川村が口をはさんだ。

「犯人につながる手がかりなので」

佐江は女と川村を見比べた。女が頷いた。

「阿部佳奈にならなければ、こういう情報も得られませんでした。佐江さんなら、ダンから話を引きだせる筈です」

「でもベトナム人犯罪組織の人間なのでしょう？　佐江さんひとりで危なくないですか」

川村がいった。「阿部佳奈」は首をふった。

「佐江さんなら大丈夫です。ダンもきっと信用します」

佐江は苦笑した。外国人犯罪組織のトップとひそかに接触して、もし信用されなかったら殺される可能性がある。日本人と異なり、外国人犯罪者は相手が警察官でも躊躇しない。

「あんたのお墨つきか」

「阿部佳奈」は笑い返した。

「ダンなら、冬湖楼に向かう山道でわたしたちを襲ってきた連中について何か知っているかもしれません」

「わかった」

佐江は頷いた。米田があの連中とつながっているという確証はない。手がかりを得るためなら、ベトナムマフィアとの接触もためらってはいられない。

「東京行きの特急はまだあるのか？」

訊ねると、川村は腕時計をのぞいた。

「八時が最終ですから、間に合います」

「よし」

佐江は立ちあがった。

47

佐江が新宿署に到着したのは午後十一時近くだった。組織犯罪対策課に顔をだすと、ひとりが残って、パソコンに向かっていた。

「佐江さん、だいぶ派手なことになっているみたいですね」

森下というベテラン刑事だ。

「まだ片づいちゃいない。場合によってはもっと人が死ぬ」

「あいかわらず佐江さんがからむヤマは物騒だな。H県の山奥だから今度は平和だろうなんていってた課長も、県警の連絡に青くなっていましたよ」

「それより予備の拳銃を借りていくと課長に伝えておいてくれ。俺のは証拠品として提出しちまった」

「わかりました。申請はやっておきます」

何かにつけて仕事の早い森下は頷いた。

新たな拳銃と予備の弾丸を腰に留め、佐江は新宿署をでた。

それほど長く離れていたわけではないのにネオンの光が妙に懐かしい。歌舞伎町の空に闇はない。闇があるとすれば、そこに巣くうワルどもだ。

佐江は西新宿の「ＡＩＭ」をめざし歩きだした。

元倉のガンショップ「ＡＩＭ」は、午前二時まで開いているが、酔っぱらいは入店できない。酔ってモデルガンやエアガンをふり回す客が、元倉は大嫌いなのだ。

インターホンを押す前に「ＡＩＭ」の扉のロックが外れた。扉にとりつけたカメラで訪ねてきたのが佐江だとわかったようだ。

「ニュースを見ましたよ。いつ戻ってきたんです？」

佐江が入っていくと、パソコンに向かっていた元倉が椅子を回して訊ねた。

「ついさっきだ」

「激しい撃ち合いだったんでしょう」

「向こうがしかけてきた」

「四十五を使う殺し屋ですか」

元倉の興味は銃に集中している。

「いや、連中が使っていたのはマカロフだ。ただ別の殺しで四十五が使われた。県警の捜査一課長が撃たれたヤマだ」

「ライフルマークの結果は？『冬湖楼事件』と同じ道具じゃないんですか」

「まだでていない。俺たちを襲撃したのと、一課の課長を撃ったのは、おそらく別の犯人だ。何か聞いてないか」

佐江の問いに元倉は首をふった。

「どっちも犯人はつかまってないじゃないですか。噂がたつには熱すぎます」

「ところで、ダンというベトナム人を知っているか？」

元倉は驚いたように佐江を見つめた。

「どこで聞いたんです、その名前」

「どこでもいい。知っているのか」

「おそらく今一番手広くやってる道具屋ですよ。道具以外にもクスリとかも扱ってるみたいですが」

「会ったことはあるか？」

元倉は首をふった。

「本人はほとんど表にでてきません。最初はボートピープルで日本にきたのが、二十年以上かけて組織を作ったって話です。二、三十人は手下がいて、中国やベトナムをいききさせているみたいです」

「極道とのつきあいは？」

「ありますよ、もちろん。具体的にどこの組とかは知りませんが、話がつけば誰にでも売るのじゃないですか」

「フリーの連中にもか？」

元倉は肩をすくめた。

「金さえ払えば、所属なんて気にしないでしょう」

「電話を一本かけさせてくれ」

佐江はいって、携帯で「阿部佳奈」から教わった番号を呼びだした。

「はい」

二度のコールのあと、男の声が応えた。はいといったきり、何もいわない。

「マイさんからこの番号を聞いた者だ。ダンさんと話したい」

「待て」

応えた男が短くいった。元倉は目を丸くし、小声で訊ねた。

「ダンにかけてるんですか」

佐江は頷いた。電話の向こうは無音だ。ひそひそ話すら聞こえない。三分以上沈黙がつづいたあと、別の男の声がいった。

「名前を教えて下さい」

「佐江、という」

「サエ、さんですね。ダンさんと何を話したいのですか」

「それは直接ダンさんにいう」

「私がダンです」

男はいった。佐江は息を吸いこんだ。

「訊ねたいことがふたつある。ひとつは四十五口径の拳銃を使う殺し屋について。もうひとつは、フリーのグループにマカロフを何挺《ちょう》か都合してやったことはないか、だ」

「カスタマーの話はできません」

「マイさんの頼みでもか。フリーのグループは、マイさんを殺そうとした」

「あなたの仕事は何ですか」

「新宿署の刑事だ」

ダンは沈黙した。やがていった。

「会って話しましょう。今どこにいます？」

「新宿だ」

「花園《はなぞの》神社の明治通り沿いの出入口にいて下さい。三十分後に迎えがいきます」

「わかった」

電話は切れた。

「ダンと会うんですか」

元倉が訊ねた。

「迎えにくるそうだ」

「かなりヤバいですよ。あいつら相手がお巡《まわ》りでも極道でも、平気で埋めるって話です」

「会うってことは、話すネタがあるからだ。ネタがなければ、わざわざ迎えにこない」

「それはそうかもしれませんが……」

不安そうに元倉はいった。

「生きていたらまた連絡する」

告げて、佐江は「ＡＩＭ」をでた。

「ＡＩＭ」から花園神社まで佐江は歩いた。新宿警察署も面している青梅《おうめ》街道は、東に進んで新宿大ガードをくぐると、靖国《やすくに》通りに名前がかわる。花園神社へはほぼ一本道だが、一キロ半ほどの距離だ。

新宿五丁目にある花園神社は新宿警察署の管轄ではない。四谷警察署の管轄区域となる。参道につながった出入口は、南側の靖国通り沿いと東側の明治通り沿いにある。出入口がふたつ存在すると知って指定してきたのだとすれば、ダンには相当の土地勘がある。

明治通り沿いの出入口に到着した佐江は腕時計をのぞいた。電話を切ってから二十分が過ぎていた。今いる場所はそれほどでもないが、靖国通りは人通りが激しい。午前零時を過ぎると、歌舞伎町に人が集中するからだ。

クリーム色のライトバンが佐江の前で停止した。練馬《ねりま》ナンバーで、運転席と助手席に男が乗っている。濃紺の揃《そろ》いのジャンパーを着けていた。

助手席の窓をおろし、中の男が訊ねた。

「サエさんですか」

かすかに訛《なま》りがあるが、外見は日本人とかわりがない。佐江は歩みよった。

「そうだ」

「うしろに乗って下さい」

男はいった。佐江は後部席の扉を開いた。荷室には長靴やバケツ、ヘルメットなどがおかれ、いかにも建設現場で使われているといった体だ。佐江が乗りこむと、バンは発進した。

明治通りを北に進み大久保二丁目の交差点で左折して大久保通りに入る。西に向かって北新宿一丁目を左折して小滝橋《おたきばし》通りを南下した。そして新宿駅西口を左折して大ガードをくぐり靖国通りにでる。歌舞伎町の外側を一周する走り方だ。

尾行の有無を確かめているのだと佐江は気づいた。二人の男はまったく口をきかない。

ライトバンは靖国通りを東に向かった。富久町西《とみひさちようにし》の交差点を右折し外苑西《がいえんにし》通りに入る。

助手席の男が携帯電話をとりだし、メールかラインを打った。

やがて着信音が鳴り、助手席の男は何ごとかを運転している男に告げた。

ライトバンは外苑西通りを直進し、青山霊園の西を通りすぎた。港区に入っている。

西麻布の交差点を左折し、六本木通りの坂を登った。六本木交差点を右折し、外苑東通りを東に進む。正面に東京タワーが見えた。

どこまで連れていくのだ。佐江がそう思い始めた頃、バンは止まった。芝公園の近くだった。目の前にハザードを点した、大型のＳＵＶが止まっている。

「前の車に乗って下さい」

助手席の男がいった。佐江はバンを降りた。

ＳＵＶは黒のアメリカ車だ。窓ガラスもまっ黒だった。

佐江はＳＵＶの後部席の扉を引いた。男がひとりすわっていた。白いシャツにスーツを着け、ビジネスマンのように見える。

「初めまして。ダンです」

男がいった。五十歳くらいだろうか。日本人にしか見えない。

佐江がＳＵＶに乗りこもうとすると、ピッピッピという信号音がどこかで鳴った。ダンは人さし指を立てた。

「武器をもっていますか」

助手席にすわる男が体をねじり、佐江をにらんだ。その手は上着の中に入っている。

「もっている」

佐江は上着の前を開けて、拳銃を見せた。

ダンが右手をさしだした。

「私に預けて下さい。話がすんだら返します。駄目なら、話はできません」

佐江は息を吐いた。腰のニューナンブをつかみだし、ダンの掌《てのひら》に載せた。

ダンはにっこり笑った。

「賢明な判断です。このニューナンブで、あなたは警察官であることも証明しました」

「乗るぞ」

佐江はいって、ダンの隣に乗りこんだ。扉を閉めると同時にＳＵＶは発進した。

「マイさんは元気ですか？」

世間話でもするようにダンが訊ねた。訛りはまったくない。

「元気だ」

「私がなぜマイさんを知っているのかを聞いていますか」

「中国であんたの弟を助けたのだそうだな」

ダンは納得したように頷いた。

「調子にのるのが弟の悪い癖です。大連のマフィアを怒らせた。マイさんがとりなしてくれなかったら殺されていました」

「大連のマフィア？」

佐江はダンを見つめた。

「高文盛に関係のある人間か？」

「誰ですか、その人は」

表情をまったくかえることなくダンは訊き返した。

「忘れてくれ」

佐江はいった。ダンの口もとに皮肉げな笑みが浮かんだ。

ＳＵＶは制限速度を守りながら虎ノ門を走っている。

「さっきの質問の答えがほしい」

「四十五口径を使う殺し屋のことは知りません」

「『中国人』という渾名で、砂神組とつながっているらしい」

ダンは首をふった。

「本当に知らないのです。でもマカロフ十挺と弾丸を買っていったフリーランサーは知っています」

「教えてくれ」

「カカシという男がリーダーです。スケアクロウ。わかりますか」

案山子《かかし》のことだ。

「今、誰に雇われているかわかるか」

「知りません」

「つい最近大怪我をした仲間がいる。口の固い病院に担ぎこんだ筈だ」

「その病院なら知っています。五反田《ごたんだ》にある北芝病院です」

「五反田の北芝病院だな」

「これからいきますか？」

佐江は頷いた。ダンは運転席の男に声をかけた。日本語だ。

「聞こえたか」

「はい。北芝病院ですね」

「カカシのことを教えてくれ」

佐江はいった。

「詳しくは知りません。昔、高河《こうが》連合系の組にいて絶縁されました」

絶縁は暴力団では最も重い追放処分で、古巣の組員との交際も禁じられる。高河連合は砂神組の一次団体東砂会《とうさかい》と並ぶ指定広域暴力団だ。

「絶縁の理由は？」

ダンは首をふった。

「何人かが一度に絶縁され、その仲間とグループを作ったんです。北芝病院に入っているのはジゾウという渾名の男です」

「ジゾウ？」

「石の仏像です」

地蔵のことだ。

「他のメンバーの渾名はわかるか」

「カラスとテング。あとは知りません」

「案山子、地蔵、鴉《からす》、天狗《てんぐ》か。グループの名はあるのか？」

「フルサトです」

古里《ふるさと》のことだと気づいた。案山子、地蔵、鴉、天狗という渾名の由来もそこにある。

「ふざけてやがる。フリーの殺し屋グループの名前が古里かよ」

佐江は思わず吐きだした。

「だから誰も気がつきません」

ダンはいった。

ＳＵＶは国道一号桜田通りを南下していた。ＪＲの線路の手前を左折し、細い道に入る。やがて止まった。ダンが佐江の拳銃をさしだした。

「右側の建物です」

拳銃を受けとった佐江は窓を下げた。昭和の遺物のような、木造の古い洋館だ。

「病院の看板はないいな」

「院長は女性に麻薬を飲ませ暴行した罪で、免許をとりあげられました。父親の代からいる看護師と資格のないアシスタントを二人使っています。父親もこの場所で外科をやっていました」

佐江はダンを見直した。

「詳しいな」

「昔、父親に助けてもらいました。貧乏だった私に、お金はいらないといった。父親は立派ですが息子はクズです」

佐江は苦笑した。

「入院患者は二階にいます。夜はアシスタントがひとり泊まっているだけで、何かあれば近くのマンションから院長がきます」

「わかった。ご協力感謝する」

佐江は告げ、ＳＵＶを降りた。洋館の周囲は古いブロック塀で囲まれ、複数の防犯カメラが設置されている。

佐江は門扉にとりつけられたインターホンを押した。時刻は午前一時を回っていた。呼びだし音のあと、しばらく間が空いて若い男の声が応えた。

「はい」

「『古里』の人間だ。『地蔵』に会いにきた」

佐江は告げた。門扉のロックが外れるガチャリという音がした。佐江はＳＵＶをふりかえった。おろした窓からこちらを見ていたダンが頷き、ＳＵＶは走りだした。

門扉をくぐると、洋館の扉を開け、若い男が現れた。ジャージの上下を着ている。

「見舞いは午後十一時までですよ」

「悪いな」

いって佐江は財布からだした一万円札を男の手に押しつけた。

「いや、いいんですけど」

男は口ごもった。

「『地蔵』がいるのは二階のどこだっけ」

「階段をあがってすぐ右の部屋です。もうおやすみになっているかもしれませんよ」

「だったら寝顔を見て帰るさ」

佐江は告げ、正面の階段を登った。建物の床は板張りで、ニスと薬品の混じった匂いが鼻をつく。

若い男はその場に残り、あがってくる気配はない。

階段をあがると右にある部屋の扉を佐江はノックした。

「はい」

男の声が答えた。佐江は拳銃を抜き、扉を開いた。六畳ほどの洋間の中央にベッドがあり、横たわった男が点滴をうけている。足もとにおかれたテレビが点り、部屋の明かりはついていなかった。

ヒゲ面の男が体を起こしかけ、痛んだのか顔をしかめた。寝巻の下の腹部に包帯が巻かれている。

「お前――」

「覚えていたか」

佐江は拳銃を男に向けた。枕もとの携帯電話にのびた男の手が止まった。

「静かに話そうぜ。お前が正直に質問に答えれば、俺はここをでていく。パクりもしない」

男は無言で佐江を見つめた。

「もしそうでなかったら、医者が駆けつけることになる。わかるな」

「手前……。デコスケのくせに――」

佐江はニューナンブの撃鉄を起こした。カチリという音に男の体が固まった。

「早くでていってほしいだろう。それとももう一発ぶちこまれたいのか」

「何が知りたいんだ」

「『案山子』はどこにいる?」

男は目をみひらいた。

「お前、なんで――」

「急いでるんだ。答えろ」

「溝口《みぞのくち》の家だ。高津《たかつ》木工所って建物が区役所の裏にある。そこにいる」

溝口は川崎市高津区の地名だ。

「もうひとつ訊く。お前らを雇ったのは誰だ？」

男は黙った。

「いいたくないか？」

唇が震えている。佐江は点滴のチューブをつかんだ。

「やめろ！　砂神組の幹部だ」

男がかすれ声で叫んだ。

「米田か」

「そうだよ！」

「『中国人』を知ってるな。殺し屋の『中国人』だ」

男は小さく頷いた。

「米田は『中国人』を使える。なのになぜお前らを雇ったんだ？」

「別の仕事があったからだ」

「別の仕事？」

男は固唾《かたず》を呑んだ。

「県警の刑事だ」

「殺された一課長のことか」

男は頷いた。

「『中国人』はなぜ一課長を撃った？」

「知らねえよ！」

「とぼけるな。米田から何か聞いている筈だ」

男は唇をかんだ。

「あの課長は、米田に転がされていたんだ。だがいろいろあって、手をひくといいだしたらしい。それで頭にきた米田に口を塞がれたんだ」

佐江は息を吸いこんだ。

「嘘じゃないだろうな」

「嘘なんかついてどうする」

「『中国人』はどこにいる？」

「わからねえ。米田に訊けや」

佐江は男の目をのぞきこんだ。恐怖と焦り、後悔が入りまじっている。

「『中国人』はどんな奴だ」

「会ったことはない。米田のいうことしか聞かないって話だ」

「本物の中国人なのか？」

「日本人だよ。渾名らしい。米田が考えたって聞いたことがある。そうしておけば、正体がバレにくいってんで」

「米田は今どこにいる？　東京か」

「知らねえ。ツナギは全部『案山子』がやっていた」

佐江は男の携帯電話をとりあげた。

「わかってるだろうが、『案山子』に連絡するなよ。もし『案山子』が逃げたら、ここに戻ってくるからな」

男は無言で佐江を見つめている。佐江は拳銃を男の顔に向けた。男は目をみひらいた。

「返事をしろ」

恐怖で涙ぐむまでそうしていた。

「わかったよ！」

男が吐きだした。

「お前から聞いたことはいわない」

佐江は銃をおろした。

「手前、本当にデコスケかよ」

佐江は答えずに部屋をでていった。一階にジャージの男の姿はなく、洋館をでた佐江は携帯で川村を呼びだした。

「はい！」

眠っていなかったのか、勢いこんだ答えが返ってきた。

「状況は？」

「変化なしです。自分も今日は重参と同じホテルに部屋をとりました」

「メモをしろ」

告げて、高津木工所に襲撃犯グループのリーダーが潜伏していることを知らせた。

「これは——」

「H県警の事案だろう。お前が新しい課長に知らせて、『案山子』を挙げさせるんだ。銃器対策部隊を連れていけよ」

「でも佐江さんはどうするんです？　つきとめたのは佐江さんじゃないですか」

「俺は砂神組の米田と『中国人』を追う。ぼやぼやするな。今日中には『案山子』を確保するんだ」

「わかりました！」

仲田を殺したのは『中国人』だ、といおうとして、佐江は言葉を呑みこんだ。県警内部のスパイが仲田だったと川村が知るのは、今でなくてもいい。

48

川村はすぐに新課長の森の携帯を呼びだした。くぐもった声が応えた。

「はい」

「こんな深夜にすみません。川村です。自分らを襲撃したグループの主犯の居どころが割れました」

「何?! どうしてわかったんだ」

森の声から眠けが吹きとんだ。

「佐江さんからの情報です。グループは通称『古里』、主犯の名は『案山子』、他に『鴉』や『天狗』といったメンバーがいて主犯が潜伏しているのは川崎市内の木工所だそうです」

「確かなのか」

「大急ぎで人をやって下さい。それから銃器対策部隊も必要です」

「刑事部長に連絡する」

十分後、森から連絡があった。

「一課の四名を川崎に急行させ、その木工所を確認できたら、機動隊をバスで向かわせることになった。君もこられるか」

「重参もいっしょでよければいきます。ひとりにはできませんので」

森は唸り声をたてた。

「いっしょはマズい。佐江さんは東京か？」

「だと思います」

森は考えていたが、いった。

「いや、やはり君のほうがいい。重参を連れて明朝でいいから、川崎に向かってくれ」

万一情報がまちがっていたとしても、佐江に責任をかぶせるのは難しいと判断したのだろう。つまりスケープゴートにされるのは自分だ、と川村は気づいた。

自分は佐江を信じる。

「わかりました」

電話を切ったものの眠れる筈もなく、川村は三十分後重参の携帯を鳴らした。阿部佳奈ではないことははっきりしたが、今は「阿部佳奈」としか呼びようがない。

「すみません、こんな時間に」

「大丈夫です。もともと短時間ずつしか眠れない人間なので」

「阿部佳奈」は答えた。川村は状況を説明した。

「朝まで待とうと思ったのですが待ちきれなくて。車の中で眠ってもらえますか」

「もとはわたしが佐江さんに教えた人からの情報です。まちがっていたらわたしにも責任があります。いきましょう」

一時間後、覆面パトカーの助手席に「阿部佳奈」を乗せ、川村は本郷インターチェンジを抜けていた。

運転しながら、川村は佐江から聞かされた「古里」グループの話をした。

聞き終えた「阿部佳奈」が携帯をとりだした。操作をし、耳にあてる。

「マイです。ダンさんをお願いします」

応答した相手に告げた。やがていった。

「マイです。ありがとうございました」

相手の声に耳を傾けている。

「そうですか。病院を」

さらに相手が何ごとかをいった。

「わかりました。これでもう貸し借りはなしです。電話番号がかわっても知らせる必要はないと弟さんに伝えて下さい」

「阿部佳奈」が携帯をおろした。

「佐江さんは本当に荒っぽいやりかたをしたようです」

「荒っぽいやりかた？」

川村は訊き返した。

「怪我をしたグループのひとりが入院している病院に、ダンは佐江さんを連れていっただけだといいました。あとのことは知らない、と。佐江さんはその人から聞きだしたんです」

逮捕、勾留、取調べといった手続きを経ずに、グループのリーダーの居場所を吐かせたのだと川村は気づいた。もしかすると拷問《ごうもん》に近いやりかたをしたのかもしれない。

相手は金で殺人を請け負うような人間だ。まともな取調べ方をしていたら、いつ本当の答えが引きだせるか見当もつかない。といって佐江のとった捜査手段が違法であった可能性は高い。裁判では証拠として認められないだろう。それだけに、捜査に川村を巻きこむことを佐江は避けたのだ。

深夜の高速道路は空《す》いていて、本郷を出発してから二時間とたたずに覆面パトカーは川崎市内に入った。佐江から教えられた高津区役所をめざす。確認に向かった四人より先に高津木工所周辺をうろつくわけにはいかない。「案山子」に気づかれたら捜査を台無しにしてしまう。

森の携帯に電話をした。県警本部に出勤した森は、機動隊を東京に向かわせる準備を進めていた。銃器対策部隊もその中に含まれている。銃器対策部隊は防弾盾やサブマシンガン、音響閃光手榴弾などを装備し、銃を所持する被疑者に対応する。

森との会話で四人の中に石井が含まれているのを知った川村は、メールを打った。森の指示で自分も川崎にきている。都合のいいときに状況を知らせてほしい、という内容だ。

高津区役所は溝の口駅から二百メートルほどの距離だ。道路をへだてた向かいにある二十四時間営業のファミリーレストランに川村は重参を連れて入った。

三十分後石井から返信が届き、どこにいるのかを訊かれた。教えると十分足らずで一課のベテランの福地《ふくち》がファミリーレストランに現れた。

「ご苦労さまです。状況は？」

「内部に人がいるのはまちがいない。カーテンごしだが明かりがついているのも確認した」

午前四時近い。

「人数は？」

「不明だ。話し声などは聞こえないから、もしかするとひとりかもしれない。課長には知らせたので、もう向こうをでた筈だ」

川村は大きく息を吸いこんだ。

「お前はその『案山子』の顔を、見ればわかるのか」

福地の問いに川村は首をふった。

「死亡した運転手を除けば、全員目出し帽をかぶっていましたから」

「その運転手だが、指紋から高河連合系佐野組の元組員、沢浦英介《さわうらえいすけ》と身許が判明した」

「佐江さんの話と一致します。佐江さんの情報提供者によれば、『古里』グループは全員高河連合を絶縁された組員だということです」

「組に切られ殺し屋になったのか」

福地はつぶやいた。

「絶縁された身なら、高河連合からきた仕事とは考えられないな。誰に雇われたのか、佐江さんはつきとめたのか」

「砂神組の米田だそうです」

「ここでも砂神組か」

福地はいって「阿部佳奈」を見た。

「砂神組はこのヤマと深くつながっている。H県に事務所もないような組がなぜかかわっているのでしょう」

「阿部佳奈」は首をふった。

「わかりません。わたしが知る砂神組とモチムネの関係は以前用宗悟志がそこから薬物を買っていたという事実だけです」

「当事者だった売人はすでに死亡し、あとを引きついだ人間もいないようです」

川村はいった。懐で着信音が鳴り、携帯をのぞいた福地がいった。

「機動隊は二時間後に到着する。人員を周辺に配備し、午前六時には殺人未遂と銃刀法違反容疑で打ちこみをおこなうことになった。君は重参とここで待機してくれ」

「了解しました」

現場にいきたい気持ちはあるが、どのみち最初に踏みこむのは重装備の銃器対策部隊だ。

「案山子」を取調べれば、米田がなぜ殺し屋を雇ったのかが明らかになるだろう。そしてそれは、米田の向こう側にいる真犯人の正体を暴くことにつながる筈だ。

49

新宿に戻った佐江がつきとめたのは、米田がこの数日、組事務所にも姿を見せていないという事実だった。冬湖楼に向かう道で捜査一課長の仲田が射殺されているのが発見されて以降、居場所がわからなくなっている。

そこまでをつきとめるのに、砂神組のチンピラ四人を締めあげた。

午前五時過ぎ、川村からメールが届いた。午前六時に機動隊が高津木工所に踏みこむという。佐江はただちに川崎に向かった。途中までは覆面パトカーのサイレンを鳴らしてつっ走り、川崎市内に入ってからはサイレンを止める。

高津木工所は、木造二階だての変哲のない建物だった。佐江が到着したときには、神奈川県警によって周辺は封鎖され、近隣の住民の避難も完了していた。

高津木工所の二階の窓に明かりが点っていることはカーテンごしにもわかった。また内部に人がいるのも、集音マイクを使った情報収集で確認されていた。

高津木工所周辺の路地には戦闘服に抗弾ベストを着け、盾を手にした機動隊員がひしめきあっている。万一に備え、狙撃手も二名、隣接する建物に配備されていた。

午前六時、抗弾ベストを着けた森と機動隊員が、高津木工所のインターホンを押した。

返答はない。森がハンドスピーカーを手にした。佐江は離れた位置から見守った。

「こちらはH県警察です。殺人未遂と銃刀法違反の容疑で、高津木工所に家宅捜索をおこないます。ドアを開けなさい。開けない場合、ドアを破壊します」

二階のカーテンが開いた。ジャージの上下を着た男が窓べに立った。

「拳銃もってるぞ！」

叫び声があがった。男の右手にはマカロフが握られている。いっせいに機動隊員が体を低くした。

窓が開き、男は身を乗りだした。顔つきから、男がモチムネ東京支社で襲ってきたグループのリーダーだと佐江は気づいた。「案山子」にちがいない。

「ずいぶん多いな、おい」

余裕のある口調で男はいった。

「武器を捨てて、投降しなさい」

森がスピーカーから告げた。男はフンと笑った。

「馬鹿いえ！　おい、そこに佐江ってのはいるか」

「いるぞ！」

佐江は立っていた電柱の陰から進みでた。男は佐江を見おろした。投光器が点灯し、男の姿が強い光に包まれる。男は眩《まぶ》しげに手をかざした。

「米田はどこにいる？」

佐江は叫んだ。

男は笑い声をたてた。

「お前らの地元だよ、馬鹿が。のこのこ、こっちに集まってご苦労さんなこった」

「『中国人』もいっしょか」

佐江はいった。男は答えなかった。首をふり、マカロフを顎《あご》の下にあてがった。

「よせっ」

佐江は叫んだ。パンという銃声がして、男の頭頂部から血が弾けた。男は人形のように、窓の下に落下した。

50

ファミリーレストランの入口に姿を現した佐江に川村は腰を浮かせた。

「佐江さん!」

さすがに疲れた表情を佐江は浮かべていた。

「どうなりました?」

「踏みこむ前に自殺しやがった」

佐江は吐きだした。川村は目を閉じた。

「なんてことだ」

「手がかりは何も得られなかったのですか」

「阿部佳奈」が訊ねた。佐江は上着のポケットからとりだした携帯をテーブルにおいた。

「こいつは俺に撃たれて入院していた、奴の手下の携帯だ。合法的に押収したものじゃないから、裁判では使えないが、解析すれば『古里』グループの情報が得られる筈だ」

川村は頷き、携帯を手にした。

「ありがとうございます」

「もうひとつ、その手下から聞いたことがある。仲田さんは米田に転がされていた」

川村の頭はまっ白になった。

「嘘だ」

いったきり言葉がつづかない。

「俺も信じたくはないが、殺されたときの状況を考えると、真実だと思う」

「そんな。納得いきません。でもどうして――」

川村は佐江と見つめあった。

「米田とH県には接点がない。二人をつないだ奴がいて、そいつこそが犯人だ」

「米田はどこです？」

「H県だ。おそらく『中国人』もいっしょに動いている」

「『中国人』の正体はわかったのですか」

「いや。だが日本人らしい。『中国人』というのは米田がつけた渾名だ」

「なぜH県にいるんです？」

川村は訊ねた。混乱していた。

「『中国人』がいっしょだとすりゃ、逃げるためじゃない。標的がH県にいるからだ」

佐江は答えた。

「標的？　いったい誰なんです」

「わたしではないようですね」

川村の問いに「阿部佳奈」がつぶやいた。

「とにかく我々もH県に戻ろう」

佐江がいったとき、ファミリーレストランの入口をくぐる福地と石井の姿が見えた。

「佐江さん、この人を連れて先に戻って下さい」

川村はいった。

「お前はどうするんだ？」

「自分には事後処理があります。お預かりした携帯電話も含めて、事情を説明しなければならなくなると思います。その間に、米田と『中国人』が新たな殺しをするかもしれない。それをくいとめて下さい」

佐江は川村を見つめた。口もとに笑みがあった。

「ずいぶんたくましくなったな、おい」

「鍛えてもらいましたから」

「仲田さんの件は、まだ内緒にしておけ。米田を確保できれば、いずれ明らかになる」

佐江が小声でいい、川村は頷いた。

51

「佐江さんは少し休んで下さい。運転はわたしがします」

ファミリーレストランの駐車場に止めてあった覆面パトカーに乗りこむと「阿部佳奈」がいった。

免許をもっているのかと訊きかけ、佐江はやめた。そんな杓子《しやくし》定規な話はどうでもいい。

「頼む」

後部席に佐江は移動した。「阿部佳奈」は車を発進させた。滑らかな運転ぶりだ。

「仲田を殺したのは『中国人』だ」

体を横にして佐江はいった。

「そうだと思っていました。『中国人』はいったい誰を狙っているのでしょう」

「あの一族の誰か、だろうな」

「今になって狙うのはおかしくありませんか」

「だが、あんたも犯人の動機は親子への復讐だといったろう。最後に狙うなら、やはり会長や社長じゃないか」

「阿部佳奈」は黙っている。

「そういえば会長から電話はあったか？　高文盛と連絡がついたら知らせる、といっていたが」

「きのうの夕方の話です。まだありません」

「阿部佳奈」が答えた。

「そうか。まだきのうか。えらく昔のような気がしていた」

佐江はつぶやいた。体が重い。目を閉じると、沈みこむように眠りに落ちた。

目を開いた。十分くらい寝たような気がする。が、車は本郷インターチェンジの手前だった。

「もうついたのか」

驚きとともに体を起こした。ルームミラーの中に「阿部佳奈」の笑みがあった。

「気持ちよさそうなイビキをかいていました」

「あんたの運転がうまいからだ。インターをでたところで止めてくれ。運転をかわる」

佐江は告げた。時計をのぞくと午前九時になっていた。

本郷市の中心部に近づくにつれ、道が混みだした。車で出勤する者が多いのだろう。

本郷中央警察署の前で佐江は車を止めた。通りをはさんだ反対側がモチムネの本社ビルだ。

「中国人」の標的が用宗一族の誰かなら、どこからかあのビルを見張っているかもしれない。

「会長に電話します。殺し屋がH県に入っていることを知らせないと」

「阿部佳奈」がいった。

「その必要はない。見てみろ」

佐江はいった。モチムネ本社ビルの前にはパトカーが止まり、出入口には制服の警官が立っている。腕章を巻いた私服刑事らしい者の姿もあった。

「川村が手配したんだ」

ずいぶん成長したものだ、と佐江は思った。

「おそらくモチムネにも警告がいっているだろう」

米田の写真と指紋は警視庁のデータベースにある。H県警にすでに渡っているにちがいない。

問題は「中国人」だ。顔も年齢も判明していない。四十五口径を使っていることから、男性である可能性は高い。「中国人」がひとりで動いていたら、発見するのはかなり難しい。

「でもいちおう」

いって「阿部佳奈」は携帯を耳にあてた。

「もしもし、おはようございます。ご無事でしたか……」

佐多子が電話にでたようだ。佐江はモチムネの本社ビルを見つめた。ある疑問が湧いていた。

なぜ米田までが「中国人」といっしょにH県にやってきたのだろうか。

米田の役割は、殺し屋である「中国人」と依頼人をつなぐことだ。「中国人」の仕事を見届ける必要はない。

その依頼人の正体を、用宗一族の誰かだと当初佐江は疑っていた。が、それが怪しくなっている。

「中国人」が冬湖楼を襲ったのは、モチムネの買収を妨害するのが目的だったのではないか。実際、高文盛の代理人上田弁護士と、株を譲渡する筈だった新井が死亡し、大西が昏睡状態におちいったことで、買収工作はストップしている。

そう考えると殺し屋を雇ったのは、モチムネの経営陣のひとりだと考えるのが妥当だ。だが会長、社長、東京支社長という親子三代と会い、彼らのうちの誰かが殺し屋を雇ったとは、佐江には思えなくなった。

「はい、はい。で、高文盛は本郷にくるのでしょうか」

「阿部佳奈」が話している。

殺し屋を雇ったのが、あの親子三代の誰かでないとすれば、その目的はかわってくる。復讐といったのは「阿部佳奈」だ。企業としてのモチムネ、あるいはその経営者一族への復讐。

だがそれだけが目的なら、経営者を皆殺しにすればすむ。買収工作を妨害する理由はない。さらに、阿部佳奈を狙いつづける理由もない。

米田は新宿のホテルに「中国人」を送りこんだ。それは阿部佳奈を出頭前に殺したかったからだ。買収しスパイに仕立てた、H県警の捜査一課長仲田を殺したのも「中国人」だ。

そう考えると、米田はただの仲介役ではない。「冬湖楼事件」に深くかかわっている。だからこそ「中国人」とともにH県まできている。すなわち依頼人もH県にいるということだ。

「わかりました。高文盛から連絡がありしだい、知らせて下さい」

「阿部佳奈」が通話を終えた。

「高文盛と連絡がつき、明日か明後日には、本郷に戻ってくるそうです。買収の話を知ったというと、驚いたようすもなく、話し合いに応じたそうです」

「『中国人』は、なぜあんたを狙った？」

佐江はいった。

「え？」

「阿部佳奈」は首を傾げた。

「正確にはあんたじゃなく、本物の阿部佳奈を狙ったのはなぜか、だ。米田はそのために捜査一課長を抱きこみ、あんたの出頭場所をつきとめ、『中国人』を送り届けた」

「買収工作のことがわたしの口から洩れるのを防ぐためだったのではないのですか」

「当初、俺もそう思った。『冬湖楼事件』の動機がモチムネの買収阻止を目的としたのであれば、確かにその通りだ。だがそうならば殺し屋を雇ったのは、用宗一族の誰かということになるが、俺にはそうは思えなくなってきた」

「確かにそうですね」

「阿部佳奈」は頷いた。

「だとすればなぜ、米田は『中国人』をフォレストパークホテルに送り届けてまで、あんたの口を塞ごうとしたんだ。買収工作の存在を知られて疑われるのは用宗一族だ。犯人がそのうちの誰かでないのなら、あんたを殺す理由は他にある筈だ」

佐江の言葉に「阿部佳奈」は考えこんだ。

「わたしを殺す理由……」

「本物の阿部佳奈は、犯人の正体を知っていたのじゃないか」

「そんな筈はありません。知っていたのならわたしに話しています」

「阿部佳奈」は強い口調で答えた。

「だとすれば、そうとは気づかず、犯人につながる手がかりを握っていたのかもしれん。犯人はそれを知っていて、阿部佳奈の口を塞ごうとしたんだ」

「阿部佳奈」は深々と息を吸いこんだ。

「そうとは気づかずに犯人の手がかりを――」

佐江は頷いた。

「何か思いだせないか？　用宗一族ではなく買収工作を妨害したい者だ」

「でも買収工作のことを知っていた人間ですよね」

「そうだ」

「阿部佳奈」は目を閉じた。記憶の底を探るように考えている。

佐江の携帯が鳴った。川村だった。

「どうだ、そっちは」

「あのあと『案山子』の死亡が病院で確認されました。高津木工所を捜索し、『案山子』が、沢浦と同じ高河連合系佐野組の元組員、立花秀実《たちばなひでみ》と判明しました。現検はまだつづいていますが、自分は本郷に戻るよう命じられました。これから向かいます」

「お疲れさま。モチムネ本社の警備を依頼したのはお前か？」

「はい。米田のガン首写真も本庁から提供をうけました」

「仕事が早いな。俺と重参は今、モチムネ本社の向かいにいる。高文盛は明日か明後日に本郷に戻ってくるそうだ」

「佐江さん、あれから考えていたのですが、次の標的は高文盛ではないでしょうか」

川村がいった。

「何だと」

佐江は絶句した。

「目的は、モチムネの買収阻止です」

「しかし――」

「ええ、用宗一族の人間が『中国人』を雇ったとは考えにくいので、モチムネ内部の誰かが買収を阻止しようと考えているんです」

「その理由は？」

「内部からのモチムネ改革。見かたをかえれば、外部からモチムネを乗っ取るのではなく、内側から乗っ取る」

「内側から……」

「とにかく話のつづきは戻ってからしましょう」

告げて、川村は電話を切った。

「どうしたんです？」

「阿部佳奈」の問いに、佐江は息を吐いた。

「川村は、『中国人』の次の標的は高文盛じゃないかというんだ」

「高文盛を？　でもどうして高文盛を狙うのです？」

「買収の阻止が目的としか考えられない」

佐江は答えた。

「そうだとしても、わからないことがあります。高文盛がこの本郷に戻ってくるのを、どうして『中国人』は知ったのでしょう。知らなかったら、H県に先回りできる筈がありません」

「モチムネ内部の人間から知らされたと川村は考えているようだ」

「モチムネ内部？」

「経営者一族ではない、モチムネの人間が内部からモチムネを乗っ取ろうとしていて、そのために買収を阻止しようとしているというのが、川村の考えだ」

「阿部佳奈」は目をみひらいた。

「内部の人間。つまり社員ということですか」

佐江は頷いた。

「そういえば……」

「阿部佳奈」がつぶやいた。

52

川村は特急列車に乗っていた。眠ろうとしたのだが、できなかった。目を閉じても、頭の中をぐるぐると同じ考えが巡っている。

犯人は用宗一族の人間ではなく、モチムネの社員なのではないか。

だが社員だとすれば、高文盛の買収工作を知る立場にあった者だ。

佐江に厳しかった石井も、古里グループをつきとめた佐江の捜査手腕には驚いていた。東京駅で別れる直前、

「お前のいう通りだ。俺は誤解してたみたいだ」

いった石井の言葉が、川村は嬉しかった。だが石井は仲田課長が米田に買収されていたことを知らない。それを告げたら、再び佐江への不信におちいるだろう。

信じたくない気持ちは川村も同じだ。仲田は、一課に配属されたばかりの川村にとって尊敬する上司であり、師のような存在だった。

その仲田が暴力団員に買収され情報を流していたとは、とても信じられない。

が、仲田の死の状況はまさにそれを証明していた。仲田は駐車した覆面パトカーの内部で射殺された。それも車外から狙撃されたのではなく、至近距離から撃たれていた。

犯人をすぐそばに近づけなければ、決してそんな状況にはならない。

その上、冬湖楼に向かう自分や佐江が古里グループの襲撃にあったのも、仲田が情報を洩

らしたからだとしか考えられない。冬湖楼で重参と用宗佐多子が会うという話を、川村は仲田にしか伝えなかった。仲田の、

「一課の人間が大挙して押しかけるのはマズい。君のいう通り、高野部長はモチムネに配慮している。会長を刑事がとり囲んだなどという印象は与えないほうがいい」

という言葉を川村は覚えていた。その後仲田はこういった。

「今は君と私だけのあいだにとどめておく他ないようだ。目的は重参の身柄確保だ。それまでは、私も君の話を聞かなかったことにする」

古里グループに知らせたのは仲田だ。自分と仲田以外、三人が冬湖楼に向かうことを知っていた県警の人間はいなかった。

なぜだ。なぜそんな真似をしたのだ。叩き上げの、優秀な刑事だった仲田が。

考えても答えはでなかった。金なのか、それとも別の理由があったのか。

今となっては米田に訊く他ない。

その米田がH県にいるというのも、川村の仮説を裏づけていた。米田は、犯人に会うためにH県に向かったのだ。

川村はそっと座席から立ちあがった。デッキに移動する。扉の窓から走りさる景色を見つめていたが、決心し携帯電話を耳にあてた。

自分の考えがまちがっていなければ、相手は必ず電話に応える。たとえどんな状況にあろうと、警察の情報が欲しい筈だ。

「はい」

「今、大丈夫か」

川村は訊ねた。

「もちろんだ。川崎の事件、ニュースで見た。お前もあの場にいたのか」

河本は答えた。

「いや、川崎にはいたが現場にはいなかった」

「犯人はどうなった？　自殺をはかったとテレビではいっていたが」

川村は息を吸いこんだ。

「命をとりとめ、すべて自供した」

「すべて？　すべてってどういうことだ」

河本は訊き返した。

「会って話そう。今、俺は電車の中だ。あと一時間すれば、本郷につく」

「わかった。駅に迎えに行く」

「会社はいいのか」

「それどころじゃない。犯人がわかったのだろう。マスコミ対応策を練らないと」

河本は答え、そういう約束を交わしていたことを川村は思いだした。

「わかった。あとで会おう」

告げて、電話を切った。再び車窓の景色に目を向ける。

佐江に知らせるべきだ。自分の考えるモチムネ内部の犯人とは、河本以外にありえない。

会長、社長の側近で、さまざまな情報を入手できる立場にある。さらにいえば、死んだ久本に口止め料を渡していた「創業以来の社員」とは、河本の父親ではなかったか。そうだったら、河本は父親から、用宗悟志の不行跡について聞いている可能性があり、そこから砂神組との関係が生じていても不思議はない。

次期社長となる用宗悟志が薬物の濫用で女性を死なせ、その跡始末を暴力団員に任せていたと知って、河本はどう思ったろう。しかもその口止め料を渡していたのが、自分の父親だ。

用宗悟志に対する失望が、会社としてのモチムネに対する絶望にかわってもおかしくない。

川村は強く目をつむった。決めつけては駄目だ。真実は河本の口から聞く。高校時代からのつきあいだ。嘘を見抜く自信はあった。

あと一時間足らずで、事件の真相にたどりつく。

河本には自首を勧めるつもりだ。佐江に知らせるのはそれからでいい。

53

「高文盛の代理人だというので、会いにきたモチムネの社員がいる、と上田弁護士が佳奈さんに話したことがあったそうです」

「阿部佳奈」がいった。

「上田弁護士に会いにきたモチムネの社員？」

佐江は訊き返した。

「ええ。その社員は、どこからか買収工作の話を聞きつけて、高文盛に会いたいといってきたそうです」

「何のために会う？　買収をやめるよう説得するのか」

「阿部佳奈」は首をふった。

「そうではなく、買収後のモチムネの経営に役立つ人間だと、自分を売りこみたかったようです」

「買収したモチムネの経営にかませろ、ということか」

「そうだと思います。買収後、高文盛は用宗一族を残らず経営陣から外すつもりでした。残しておけば、会社をとり戻そうとクーデターを起こすかもしれない。でもそうなれば、これまでの経営を知る人間がいなくなる。そこで自分を使ってもらいたいと売りこんできたんです」

「高文盛は会ったのか」

「必要ないと断り、結局会ったのは上田弁護士ひとりでした」

「阿部佳奈は会っていないのか」

「その日たまたま具合が悪く、早退したそうです」

「社員の名前は？」

「会うまでは本名は明かせないと電話で告げたそうです。当然ですね。もし用宗一族に伝わったら会社にいられなくなります」

「会って上田弁護士は何といったんだ？」

「高文盛の言葉をそのまま伝えたようです。その人がどう反応したかまでは聞いていません」

「その社員について他に聞いていることはないか」

佐江の問いに、「阿部佳奈」は首をふった。

「わたしもたった今、思いだしたんです。佳奈さんが会っていなかったこともあって、忘れていました」

買収後のモチムネの経営陣に自分を加えろと売りこむ以上、モチムネの経営状態に明るいという自信があった人物なのだろう。一方で用宗一族に対する忠誠心をもってはいない。もっていたら、まず買収工作の存在を社長や会長に教える筈だ。

「そいつは、どこから買収工作の話を聞きつけたんだ」

佐江はつぶやいた。

「亡くなった新井さんか副社長の大西さんでしょうか」

「阿部佳奈」はいった。

「それ以外だと誰がいる？」

「その二人の他だとすると、用宗悟志がいます。高に弱みを握られ、譲渡に同意していました」

「用宗悟志と話す」

佐江はいって、携帯をとりだした。モチムネ東京支社の電話番号を調べ、かける。

電話に応えたのは、東京駅で会った原沢という社員だった。佐江が名乗り、悟志と話した

いと告げると、不快感のこもった声で、

「お待ち下さい」

と電話を保留にした。やがて、

「もしもし、お電話かわりました」

悟志がでた。

「ひとつお訊きしたいことがあって、電話をさしあげました」

「何でしょう」

「高文盛による買収工作の話を知っている社員の方はおられますか」

「え」

悟志は黙りこんだ。

「会長や社長はご存じでなかった。とすれば、社員にもほとんど伝わっていないわけですよね」

「ええ。それはもちろん。今でもそうだと思います」

「しかし知っている人はいた筈です。新井さんや大西さんから伝わった可能性はありませんか」

「それはないですよ。もしその社員から社長や会長に伝わったら、たいへんなことになるわけですから」

「なるほど。ではあなたの周辺ではいかがですか。高文盛とあなたが、将来の株式譲渡をとりきめていたことを知る人物はいませんか？」

「そんな人間はおりません」

「会長が口止め料を届けさせていた河本という社員はどうです？」

「その者はもう亡くなりました」

「会長からうかがいましたが、社長室に息子さんがいらっしゃいますね」

「はい、おります」

「なるほど」

佐江はそっと息を吐いた。河本は確か川村の同級生だった筈だ。

「ご協力ありがとうございました」

告げると、

「もういいんですか」

肩すかしにあったように悟志は訊き返した。

「ええ、大丈夫です」

佐江は電話を切り、「阿部佳奈」を見た。

「モチムネにいくぞ。河本という社員について調べる」

54

定刻通りに、列車は本郷駅に到着した。ホームに河本の姿があるのを見て、川村は驚いた。

「わざわざホームまでこなくていいのに」

「こっちにも都合がある。駅前でお前といるのを見られたら、俺を警察のスパイだと思う社員がいるかもしれない」

河本は答えた。

「だから駅の反対側に車を止めてある」

その言葉を聞き、川村の歩みは遅くなった。

ナイフをもったジャンパーの男と対峙した場所だ。

「どうした？」

河本は川村をのぞきこんだ。体にフィットしたスーツを着こなし、髪をぴったりとなでつけている。東京での大学生時代、かなり女子にもてたと聞いていた。

「いや、何でもない」

川村は答えた。改札をくぐり、駅の反対側にでる階段を降りた。この階段のかたわらを歩き過ぎたとき、ナイフで切りかかられた。

緊張で背中がこわばる。が、待ち伏せている者はおらず、河本は路上駐車したセダンを示した。

「乗ってくれ。車の中で話そう。立ち話なんてできないからな」

河本の言葉に川村は頷いた。それには川村もまったくの同感だ。

お前が犯人なのだろうなどと、路上ではとてもいえない。

川村は助手席にすわった。河本がセダンを発進させる。車内に私物はなく、河本の車にしては地味な車種だ。

「お前の車か？」

「いや、死んだ親父のだ。実家にふだんはおいてある」

「親父さんの……」

河本は駅前のメインストリートとは反対方向に車を走らせた。

「お前の親父さん、ずっと会長の側近だったのだろう」

「ああ。この車で毎月、東京に通っていた。久本ってやくざに金を渡すために」

河本が答えたので、川村は思わず横顔を見た。河本の表情に変化はなかった。気負いや怒りも感じられない。

「四十年以上も会長に仕えてきて、やくざに口止め料を払うのが大切な仕事だった。それもクスリで女を死なせるようなクズをかばうためだ」

淡々と河本はいった。

「親父さんは嫌がっていたのか」

「いや、会長の役に立つなら、と喜々としてやっていたよ。あれは社員なんてものじゃない。奉公人だ。俺にもよくいってた。『大学でいっぱい勉強して、用宗家のお役に立てる人間になるんだ』ってな。馬鹿馬鹿しい。クズの役に立ってどうする」

「殺し屋を雇ったのはお前だったのか？」

河本は川村を見た。

「ああ、そうだ」

「なぜだ」

「それを話そうと思って、迎えにきたのさ」

河本はブレーキを踏んだ。本郷市の外れまできていた。あたりには山と畑しかない。

「聞かせてくれ」

「まずモチムネを今のまま一族に経営させておくわけにはいかなかった。モチムネには特許と高い技術力があるのに、新事業を展開しない。このままじゃジリ貧になる。高文盛はそれに目をつけ、買収に乗りだした」

「お前も買収に賛成なのか」

「まさか」

河本は首をふった。

「モチムネが高文盛に買収されれば、その儲けはすべて中国にもっていかれる。新井と大西は会長が大嫌いだった。モチムネが中国人のものになり、会長が吠《ほ》え面をかくのを見たかったのさ。もちろん金にも目がくらんでいた。モチムネの役員でいる限り、どんなに給料をもらっても用宗家より派手な生活は許されない。品行方正で地域に貢献せよ、が会長の信条だからな。逆らうこともできず、二人はうんざりしていた」

河本はいった。

「どうやって殺し屋を雇ったんだ」

「米田さんとは大学生の頃からのつきあいなんだよ」

「何だと」

「あるとき、東京の俺のアパートをやくざが訪ねてきた。久本さ。俺の親父には世話になっている、だから何かあったらいってくれ、とな。驚いたよ。謹厳実直を絵にしたような親父が、麻薬の売人をやっているようなやくざと知り合いだったとは。久本は貧乏学生だった俺に米田さんをひき合わせ、飯や酒を奢《おご》ったり、頭も尻も軽い女を紹介してくれた。だが俺はクスリはやらなかった。久本から用宗悟志の話を聞かされたからだ。あんなクズにはなりたくなかった。と同時に、親父が憐《あわ》れだった。そんなよごれ仕事を押しつけられているのか、と」

「だから復讐しようと思ったのか」

「復讐？　ちがうね。モチムネによりよい未来をもたらすんだ」

「そんなことができると思っているのか」

「できるさ。いずれ悟志はモチムネの社長になり、経営の実権は、俺と砂神組に移る。高文盛が買収する気でいるモチムネ株は、砂神組のペーパーカンパニーに譲渡される。米田さんと俺のあいだで話はついている。東砂会や高河連合のような広域暴力団は、ペーパーカンパニーを通して優良企業の株を買い漁っているんだ。それを一歩進めて、経営にも乗りだす。モチムネはそのとき、大きくかわる」

「なんだと……」

暴力団が海外の租税回避地に設立したペーパーカンパニーを使って投資をおこなっている

という話は川村も聞いていた。投資先は日本だけではなく、株以外に石油や鉱物などにも及んでいるという。その目的は資金洗浄にある。犯罪で得た金を投資で洗い、増やし、日本に還流させるのだ。

東砂会傘下の砂神組はH県に事務所をもたない。モチムネの株を買収し、経営権を取得しても、表に河本を立てる限り、二者の関係に気づく者はいないだろう。

「お前、暴力団なんかと組んで会社を乗っ取る気か」

川村はいった。河本は初めて表情をかえた。

「暴力団なんか？　暴力団のどこが悪い。高文盛の大連光電とやっていることは同じだ。金のでどころがちがうというだけなんだ。経営はすべて俺に任される。俺は入社以来そのために必死に勉強してきた。あんな婆さんや腑抜けの社長より、モチムネをもっと優れたメーカーにする自信がある」

「暴力団がお前の好きにさせてくれると思っているのか」

「警察は暴力団を利用するな、されるなという。昔は確かに暴力団とつるめば生き血を吸われるだけだったかもしれん。今はちがう。暴排条例のせいで、暴力団は一切表にでられない。カタギを頼らなかったら、稼いだ金を使う場所もないんだ。わかるか。金をだしても口はだせないのが暴力団なんだよ」

河本の目はぎらぎら光っていた。

「お前はまちがっている。口をださないのは最初だけで、向こうが望む利益をあげられなければ、代償を払わされるぞ」

川村は首をふった。

「お前に何がわかる？　東京に残ることもできず尻尾を巻いて田舎に帰り、寄らば大樹の陰と公務員になったお前に。偉そうにご託を並べるな」

川村は言葉に詰まった。河本の言葉は半ば当たっている。だが――。

「公務員を選んだのは事実だが、俺は警察官という仕事に誇りをもっている。買収されて情報を洩らすような人間にはならない」

河本は目をみひらいた。

「お前、今の言葉は本気か」

「どういう意味だ」

「モチムネは長年、地元の警察官僚から政治家を育ててきた。そこは俺も評価している。もし俺とお前が組めば、同じようにお前を市長や県知事に押しあげることも可能なんだぞ」

「仲田課長もそうやって買収したのか」

思わず川村は訊ねた。

「仲田のほうから売りこんできたんだ」

「何だって」

「市長の三浦が任期半ばで死に、H県警キャリアが本郷市長になるラインが崩れたからさ」

「ラインが崩れた？」

川村は訊ねた。

「三浦は定年より早く警察を辞め、本郷市長に立候補した。その先に県知事や国会議員の可能性があったからだ。三浦が二期も市長をつとめれば、次の市長候補が県警内部で育つ筈だった。だが二年足らずで三浦は死んだ。そのため急きょ、ノンキャリアの元本郷中央署長が後継候補となって当選した。それを見た仲田は、自分にも将来、そういう目があると踏んだのさ。モチムネの社長室にこっそりやってきて、退官後の面倒をみてくれないかといってきた。そこで俺は米田さんにつないだ。仲田が定年になる頃は、モチムネは砂神組のものになっている。恩を売るなら、砂神組に売るほうが賢明だ。仲田はそれにのった。未来の保証だけでなく、現在の利益も見こめるからな」

「情報とひきかえに金を受けとっていたというのか」

「そうさ」

「だったらなぜ殺した」

「奴がびびったからだ。お前が悪いんだぞ。あの佐江という東京の刑事をひっぱりこんだ。あいつには脅しも買収も通じない。とっくにクビになっていておかしくないような暴力刑事なのに、お前がH県に奴を連れてきたんだ」

「俺じゃない。重要参考人が佐江さんを指名したんだ」

「だがお前は佐江とつるみ、奴のいうことを何でも聞いている」

「それは佐江さんが優れた警察官だからだ。佐江さんからひとつでも多くのことを吸収したいんだ」

「じゃあ、俺との夢はいらないっていうんだな」

河本は川村をにらんだ。

「お前との夢？」

「俺はモチムネを仕切る。お前は本郷市を仕切るんだ」

「誰がそんなことを望んだ。俺がなりたいのは優れた警察官であって、政治家なんかじゃない！」

「いいのか、それで」

河本は薄気味悪い表情になった。

「何だよ、何がいいたい」

「ここまで俺に話させて、仲間にならないといいはるのかってことだ」

「断る。お前こそ自首しろ。俺はそれをいいにきた」

河本の顔が能面のように無表情になった。

「馬鹿な奴だ」

「馬鹿はお前だ！」

叫んだとき、後部席のドアがいきなり開かれた。男が乗りこんできて、手にした拳銃を川村に向けた。新宿で会ったやくざ、米田だった。

55

十五階の応接室に佐江と「阿部佳奈」はいた。向かいには用宗佐多子と、以前河本とともに冬湖楼にいた松野がすわっている。

「河本さんはどうされました？」

佐江が訊ねると松野は首をふった。

「申しわけありません。今日は休んでおります」

佐江は用宗佐多子に目を向けた。

「これからのお話は、会長のお耳だけにとどめていただきたいと思います」

佐多子は頷いた。

「松野、席を外しなさい」

松野は無言で立ちあがった。

「うかがいましょう」

佐多子は佐江を正面から見つめた。

「亡くなられた河本多喜夫さんについてお聞かせ下さい。久本への口止め料を届けていたと前回、うかがいましたが」

佐江は告げた。

「地元の中学を卒業してすぐ、モチムネに入った最古参の社員でした。機械類にはうとかったのですが、口が堅く気がきくので、前会長の運転手兼秘書を長くつとめておりました。前会長が亡くなったあとはわたしにずっと仕えてくれました」

「息子さんが社長室におられる孝さんですね」

「ええ。東京の大学をでたあとモチムネにきてくれました。とても優秀で、気がきくところは父親にそっくりです。本人にはいっていませんが、いずれ悟志のサポート役としてモチムネの経営に携わってもらいたいと思っています」

佐江は頷いた。

「河本孝が何か？」

佐多子が訊ねた。

「悟志さんが学生時代に起こした事件について、河本孝さんが知っておられる可能性はありますか」

「それは、何とも。ですが、たとえ子供にでも、河本は話さなかったと思います。それほど真面目な人間でした」

「しかし親子です。父親のそぶりから気づいたことがあったとは思われませんか」

佐江が訊ねると、佐多子は首を傾げた。

「さあ。亡くなったとき、わたしは通夜にも告別式にも参りました。河本多喜夫はモチムネのために滅私奉公してくれたような人でした」

「そういう父親を、孝さんがどう考えていたか、会長はお聞きになったことはありませんか」

「阿部佳奈」が口を開いた。佐多子は意外そうな表情になった。

「いいえ。息子もきっと同じ気持ちをモチムネに対してもってくれているでしょうから」

河本親子の忠誠心に疑問など抱いたことはない、という口調だった。佐江と「阿部佳奈」は顔を見合わせた。

「河本孝さんが高文盛によるモチムネ買収を以前から知っていた可能性についてはどう思われます？」

佐江が訊くと、佐多子は瞬きし、考えこむような顔になった。

「そういえば冬湖楼で皆さんとお会いして話したとき、特に驚いてはいませんでした。あるいは悟志からでも聞いていたのかもしれません」

「そうであったなら河本孝さんは、悟志さんが起こした事件とその跡始末に砂神組がかかわっていることも知っていて不思議はありません」

佐江は告げた。佐多子は顔をこわばらせた。

「まさか佐江さんは、河本を疑っているのですか。あの者に限ってそんなことはありえません」

「会長は河本さんの携帯番号をご存じですか」

「阿部佳奈」が訊いた。佐多子は頷いた。

「ここに今からこられるかを訊いていただけますか」

佐江はいった。佐多子はバッグから携帯をとりだし操作すると、耳にあてた。やがて、

「返事がありません」

といった。佐江は時計を見た。川村が本郷駅についた頃だ。

「実は『冬湖楼事件』の実行犯である殺し屋がH県に入っている、という情報があります。米田という、砂神組の組員もいっしょです。殺し屋は、再びこのH県で誰かを狙うつもりのようです」

「誰を狙うのです?!」

「それはまだわかりません。高文盛は明日か明後日に、この本郷に戻ってくるそうですな」

佐江はいった。佐多子は佐江を見つめた。

「犯人は高文盛を狙っているとおっしゃるの？」

「『冬湖楼事件』の動機がモチムネの買収阻止であったら、高文盛が狙われることに矛盾はありません。問題は、用宗一族以外の誰が、それを望んでいるか、です」

佐多子は目をみひらいた。

「わたしたち以外の誰か……」

「つまり動機は、用宗一族に対する忠誠心ではない」

「だったら何なのです？」

「それを河本さんにお訊きしたいと思っています」

「佐江さんは、河本が犯人だと考えているのですか」

「悟志さんが起こした事件やモチムネ買収の情報を得られる者は決して多くありません。父親と砂神組の関係を通して、河本さんは知ることができた」

「でもなぜそんな真似をするの。モチムネを守りたいというならわかるけれど」

佐江は「阿部佳奈」を見た。「阿部佳奈」がいった。

「モチムネを守ることと用宗一族を守ることは別です」

「そんな筈はないでしょう。モチムネと用宗一族はいっしょです」

「それは会長のお考えです。たとえ用宗一族がひとり残らずいなくなっても、企業としてのモチムネは存続します」

佐多子の顔に動揺が浮かんだ。

「そんなこと……許さない。許さないし、ありえません」

「人にはいろいろな考え方があります。モチムネを用宗一族のものだと思うか、企業として一族経営から離れた業態を求めるか」

「一族以外の者が経営するモチムネはモチムネではありません」

「高文盛も買収したらきっと社名をかえるつもりだったのでしょうね」

佐多子は大きく目をみひらいた。

「あなたは高の味方をするの?!」

「そうではありません。モチムネという企業を、用宗一族抜きで欲しがっている人間がいる、という話です。ここにいらしたら、そんなことは露ほども感じられないでしょうが」

「阿部佳奈」は告げた。

佐多子は目を閉じた。肩を震わせながら深呼吸している。やがていった。

「そうですね。その通りかもしれません。何でも思いのままになることに慣れてしまっていた」

目を開いた。

「でも河本が犯人だというのだけは信じられません。本人の言葉を聞きたい」

再び携帯電話を手にした。佐江も携帯をとりだした。本郷に到着している筈の川村から連絡がないのが気になる。

川村の携帯にかけた。電源が入っていないか電波の届かない場所にある、というアナウンスが流れる。

妙だった。電源を切っている筈がない。

「つながりません」

佐多子がいった。

「呼びだしはしているのですか」

「阿部佳奈」が訊ねた。

「いいえ。今度は電源が入っていないか電波の届かないところにある、といっています」

「川村の携帯と同じだ」

「えっ」

「阿部佳奈」が目をみひらいた。

「マズいぞ。河本孝さんの自宅はどちらです？」

「ふたつあります。ひとつは実家で、ひとつはマンションです。どちらも本郷市です」

「その住所を教えて下さい」

佐江はいった。


「阿部佳奈」をモチムネ本社に残し、佐江はH市の県警本部に向かった。

刑事部長の高野に面談を求める。新課長の森以下、捜査一課の大半はまだ東京から戻ってきていない。

会議室で高野と向かいあった佐江は、「冬湖楼事件」の実行犯である殺し屋を雇ったのがモチムネ社員の河本孝である可能性が高いこと、砂神組に捜査情報を流していたのは仲田一課長だったことを告げた。

「まさか――」

高野は言葉を失った。

「まだ発表はしないで下さい」

「無論だ。確とした証拠がないのに発表などできん」

「仲田さんについては、残った古里のメンバーから証言が得られると思います。米田の手配はどうなっていますか」

佐江は高野に訊ねた。

「川村くんの依頼で、県内各署、交番、派出所には通達ずみだ」

高野は答えた。

「米田は、『冬湖楼事件』の実行犯で仲田課長殺害犯でもある殺し屋と次の標的を狙って、県内に潜伏しているとの情報があります。殺し屋は『中国人』という通称ですが、正体は日本人だという話です」

「誰を狙っているんだ？」

「不明ですが、高文盛かもしれません」

「高？　もう日本を発ったのじゃないのか」

「モチムネの会長と社長から面談の要請をうけ、近日中に本郷に戻ってくるようです。それを知る者は少数で、河本孝も含まれています」

「河本孝と連絡はとれないのか」

「川村と同様、電話がつながりません」

高野は苦渋の表情を浮かべた。

「河本の自宅にガサ入れをかけられませんか」

「令状がおりるほどの証拠がない」

「ではせめて監視をおいて下さい。それと二人の携帯電話の位置情報の入手を願います」

佐江は頼んだ。

「わかった。一課の連中が戻ったらすぐに手配する」

高野の答えに佐江は失望した。高野はあくまでも一課を通して捜査を指揮することしか考えていない。問題が生じたら、その責任を押しつける気なのだ。

「位置情報の入手は待てません」

「だが携帯電話各社の営業はじき終了する」

高野が会議室の壁に掲げられた時計を見ていった。

午後五時を回っている。

「川村くんが殺されてもいいのですか」

佐江がいうと高野は目をみひらいた。

「何だと」

「川村くんは私と重参に合流するために、一課の人たちよりひと足早く東京を離れました。それからじきに四時間がたつのに、電話がつながりません。そしてもうひとつ、犯人が河本孝かもしれないと示唆したのは、川村くんでした。二人は高校の同級生です。河本を疑った川村くんが、事実を確かめるために河本に連絡をとり、危険な状況におちいったのかもしれません。河本には、砂神組の米田と殺し屋の『中国人』が同行している可能性があります」

「何という軽率な行動だ」

高野がいったので、佐江は怒鳴った。

「軽率かどうかの問題ではありません！　あなたの大切な部下が殺されるかどうかという話をしているんだ。仲田さんが殺されたのは自業自得の側面もある。しかし川村くんはけんめいに真犯人を逮捕しようと努力していたんだ」

高野は目を丸くした。佐江はつづけた。

「いいですか。もし川村くんが殺されるようなことがあれば、あなたは一週間足らずのあいだに二人も部下を殺された刑事部長になるんだ。そんな不名誉を残したいのですか」

高野の顔が真剣になった。

「わかった。携帯電話の位置情報の入手をただちに要請し、県内各駅、主要道路には緊急配備をおこなう」

「そうして下さい。彼は優秀な警察官です。絶対に助けなければなりません」

佐江に気圧されたように高野は頷いた。

「も、もちろんだ」

県警本部をでた佐江は覆面パトカーで本郷に戻った。モチムネ本社ビルの地下駐車場に車を止めたときには日が暮れていた。一階の受付も案内嬢から警備員にかわっている。カードを受けとり十五階にあがった。応接室では「阿部佳奈」が用宗佐多子と待っていた。

「悟志から電話がありました」

佐江を見るなり、佐多子がいった。

「高文盛が東京に戻ってきました。今夜中に本郷に入るので、同行してほしいと頼まれたそうです。それをわたしに知らせようと連絡してきました。ちょうどよかったので、河本に買収のことを話したのかと訊きました。悟志は、高文盛に株の譲渡を迫られていることを話していました」

「なぜ話したのです？」

「久本に口止め料を払いつづけていたのを知っていると、河本に明かされたからです。河本は決して株を譲るなといい、味方だと悟志は信じていたようです」

佐多子は大きく息を吐いた。

「愚かすぎて憐れになりました。でも悟志は悟志で過去を悔い、誰にも相談できずに苦しんでいたのでしょう。そう思いたいだけの、わたしの甘い考えかもしれませんが」

「悟志さんに河本が犯人かもしれないと告げたのですか？」

佐江が訊ねると、佐多子は首をふった。

「そこまでは話していません」

佐多子が答えると、「阿部佳奈」がいった。

「妙だと思いませんか。高文盛が本郷に戻ってくるのはともかく、悟志さんに同行を求めるというのは」

「高と悟志さんは今いっしょなのですか」

佐江は佐多子に訊ねた。

「いっしょだと思います。大連光電の東京支社の車で本郷に向かうといっていましたから」

「運転は誰が？」

「大連光電の人間でしょう」

佐江は「阿部佳奈」と顔を見合わせた。

56

米田は川村の携帯電話と拳銃を奪い、もっていたアタッシェケースにしまった。

「お前も携帯をよこせ」

河本に告げる。河本は言葉にしたがった。

「こいつは電波を遮断する構造になっている。位置情報で追いかけられるわけにはいかないからな」

河本はセダンを走らせた。本郷市を離れ、隣県との境にある山間部に入っていく。人家のまばらな地域だ。

車が人里を離れるにつれ、川村は体が痺れるような恐怖を感じ始めた。このまま山奥に連れていかれ、撃ち殺されるのだろうか。

「俺も殺すのか」

河本にいった。舌がうまく回らない。こめかみを銃口で小突かれた。

「黙ってろ」

米田がいった。

「警察官を殺したら決して逃げられないぞ」

こめかみを銃口で鋭く突かれ、川村は呻き声をたてた。

「黙ってろっていったろう。今ここで頭をぶち抜かれたいのか」

「お前が悪いんだ」

無言でハンドルを握っていた河本がいった。

「なんで俺に電話をしてきた？　ほっておけばいいのに」

「お前だって会おうといったろう」

いい返した。

「佐江の野郎がどこまでつきとめているのかを知るためだ」

米田が答えた。

「すべてつきとめている。『案山子』は全部吐いたぞ」

「奴が吐くわけねえ。吐くくらいなら、自殺する男だ」

「そうなのか？」

河本が驚いたように訊いた。

「ああ。そういう男だ」

米田の答えに河本は川村を見た。

「お前は、すべて自供したといったな」

「ひっかけられたんだよ」

米田が嘲《あざけ》るようにいった。

「いや、自供した。米田と『中国人』がH県に入っていることも警察は知っている。逃げられんぞ」

川村はいいはった。逃げられると思ったら、米田は必ず自分を殺す。

「何をフカしてやがる。じゃあどうして『中国人』はここにいない？」

米田が訊ねた。

「次の標的を狙っているからだ。高文盛を殺させるつもりだろう」

川村がいうと、河本は急ブレーキを踏んだ。米田をふりかえる。

「自供したんだ。やっぱり」

米田は無言だった。川村は自分の勘が当たったのを知った。

「あきらめろ。お前たちも『中国人』も決して逃げられない」

「いいや、そんなことはない！」

米田が大声をだした。

「たとえ『案山子』が吐いたとしても、奴はお前のことを知らない。知っているのはこいつだけだ」

銃口で川村を示し、河本に告げた。

「いや、佐江が――」

「奴が知っていれば、必ずこいつといっしょにきた筈だ。おい、そうだろう」

「いや、知っている」

「じゃあなぜお前ひとりできた？」

「河本に自首を勧めるためだ」

「佐江がいっしょでも自首は勧められる。ちがうか？」

川村は黙った。

「つまりこいつの口さえ塞げば、お前の存在に誰も気づかない」

米田はいった。河本が訊ねた。

「米田さんはどうするんです」

「逃げ道はいくらでもある。東南アジアに飛んで、その国の人間になって帰ってくるさ」

「そんなにうまくいく筈がない。お前たちはH県からすら逃げられない！」

川村は叫んだ。再びこめかみを衝撃が襲った。

「キャンキャン吠えるんじゃない。いいか河本、ここが正念場だ。ケツを割ったらお前も死刑台いきになるんだ。腹をくくれ！　腹をくくってモチムネを乗っ取るんだ」

河本の顔が白っぽくなった。

「わかりました」

川村は歯をくいしばった。ここまでか。ここで自分は殺されるのか。

57

「高文盛はひとすじ縄ではいかない男です。もしかすると悟志さんを人質にして話し合いを有利に進めるつもりかもしれません」

「阿部佳奈」がいった。

「そうなったとしても悟志の身からでた錆です」

佐多子がつぶやいた。佐江の携帯が鳴った。県警本部からだった。

「佐江です」

「高野だ。川村くんらしき人物を本郷駅で乗せた車を見た者がいる。調べさせたところ、河本孝の父親が所持していた車と、車種色ともに一致した。国道を北に向かったらしい」

「北には何があるんです？」

「何もない。県境の山間部だ」

背筋に嫌な感覚が走った。

「すぐ捜索をかけて下さい。川村くんが危ない」

「手配した。合流できるか」

「もちろんです」

電話を切り、佐江は「阿部佳奈」を見た。

「川村が河本に拉致されたらしい」

「えっ」

「米田や『中国人』もいっしょかもしれない。いってくる」

「わたしは？」

「会長といてくれ。高文盛か悟志から連絡があったら、すぐに知らせてほしい」

「わかりました」

「川村さんというのは、お米屋さんの息子さんね。河本は刑事さんにまで何をしようというの」

佐多子がいった。

「川村はおそらく河本に自首を勧めようとしたのだと思います。同級生でしたから。そこを逆に狙われたのでしょう」

「警察がどこまでつきとめているのか、米田も知りたいのでしょう」

「阿部佳奈」がいった。佐江は頷いた。もしそうだったら、すぐには殺されない。だが夜明けまではもたない。

「モチムネ」本社をでた佐江は県北部へと覆面パトカーを走らせた。カーナビゲーションによれば、県北へ向かう市内の道は何本かあるが、山間部に入る手前で一本の国道に合流する。高野がいった道路だ。

パトランプを点灯し、サイレンを鳴らした。交通量は少ないが、赤信号をつっきるためだ。やがて前方に、サイレンを鳴らして走るパトカーの集団が見えた。そのうしろにつく。

携帯が鳴った。

「高野だ。県境の手前で止まっている車を発見し、包囲したが車内に人はいなかった」

「必ず近くにいる筈です！　隠れているんだ。捜して下さい」

58

「降りろ」

米田がいった。

「嫌だ！　撃つならここで撃て。お前たちも助からないぞ」

川村は叫んだ。

「ようし」

米田が銃口を川村の顔に向けた。川村は目をつぶった。

「やめろ！　車の中なんかで撃つな。血まみれになったら、街に戻れなくなるぞ」

河本が叫んだ。米田は舌打ちした。後部席を降り、外から助手席のドアを開ける。

「降りろ。おい、お前も手伝え」

米田は河本にいった。運転席を降りた河本が、車を回りこんだ。川村は助手席のヘッドレストにしがみついた。降りたら必ず殺される。何があっても降りるわけにはいかない。

フロントグラスごしに河本と目が合った。

ヘッドライトの反射で河本の顔はまっ白だ。

その河本がいきなり米田に体当たりをした。

「逃げろ！」

米田が地面に倒れこむ。川村は車を降りようとして、体を泳がせた。膝に力が入らない。

「手前！」

米田が叫んだ。河本がその上におおいかぶさった。

「逃げろ、川村！」

川村はつんのめるように走った。道を外れ、森の中に転げこんだ。斜面を半ば落ちるように全力で駆け降りる。あたりはまっ暗闇だ。

顔が何か大きく固いものにぶつかり、川村は仰向けに倒れこんだ。激痛に息が止まり、涙がでた。

強い土の匂いと濃い草いきれを嗅いだ。顔に触れた。なまあたたかい液体が鼻から伝っている。目を開けると、ひと抱えもある巨木の根もとに自分が横たわっていることがわかった。

茂った枝の向こうに驚くほどの星が浮かんだ夜空が見えた。目が慣れてきたのだ。

はっとして体を起こした。

「どこいきやがった――」

叫び声が聞こえた。すぐ近くではない。だがここにじっとしているわけにはいかない。人を見つけ、通報しなければ。

そのとき、サイレンが聞こえた。

59

濃紺のセダンが左に寄るでもなく、国道に放置されていた。助手席のドアが開いている。後部席にジュラルミンのアタッシェケースがおかれていた。手袋をはめた手で、佐江はそれを開いた。警察拳銃が一挺と携帯電話が二台、入っている。ひとつは川村のものだ。

「道路封鎖！　機動隊を出動させ、山狩りをおこなう。投光機を準備しろ」

高野が同行した部下に命じた。

佐江はあたりを見回した。このあたりで川村を始末するつもりだったのなら、車をこんな風には止めない筈だ。左に寄せるか、分かれ道につっこんで目立たないようにする。

予定外のことが起きたのだ。川村が走っている車の助手席からとび降りたのかもしれない。森の中に逃げこみ、あわてて急停止して追ったとも考えられる。

佐江は左側のガードレールに近づいた。ガードレールの向こうは樹木が密生した急斜面だ。掌をメガホンにして叫んだ。

「川村ぁ！」

急斜面の先は暗闇で見通せない。

「川村ぁ！」

「川村くーん！」

高野が真似て叫ぶ。佐江はかたわらの制服警官をふりかえった。手にしている懐中電灯を指さす。

受けとるとガードレールをまたいだ。

「佐江さん――」

「捜しにいく。川村も河本も必ず、この山の中にいる」

佐江はいって斜面を降りた。生えている木で体を支え、下っていく。足もとは重なった落ち葉で、靴が沈んだ。

懐中電灯の光が森の中を走る。

正しい道を進んでいるという確信はない。勘だけで佐江は動いていた。

追われる者は上には向かわないだろう。スピードのでる下りを選ぶ筈だ。懐中電灯であたりを照らしながら、人が通った痕跡を捜す。

「くそ」

佐江は歯がみした。これが新宿の街なかなら、自分は何かを見つけられる。だがこの深い森の中では、自分の能力はまるで役に立たない。

気づくと国道からずいぶん離れていた。警察官の呼び声もパトカーのライトも遠い。

「川村ぁ！」

佐江は叫んだ。

「俺だ！　佐江だ、返事をしろ！」

耳をすませた。

ビシッという音とともに木の幹が爆《は》ぜ、パーンという銃声が聞こえた。佐江はとっさに地面に伏せた。

かたわらの枝が吹っとび、さらに銃声がした。狙撃されている。

あわてて懐中電灯を消した。地面を腹ばいのまま後退った。後退ってはみたが、狙撃者から遠ざかったのかどうかはわからない。

どこから撃ってきているのか不明なのだ。

銃によっては弾丸は音速を超える。銃声が聞こえたときには撃たれている。

した。

佐江は拳銃を抜いた。

「米田！　米田だろう、貴様っ」

叫んで、すぐに動いた。ガツッガツッと二発が近くの木に命中し、銃声が森の中にこだました。

佐江は懐中電灯を腰の高さの木の枝に固定した。スイッチを入れ、すぐにその場を離れる。

銃弾が懐中電灯の周囲に撃ちこまれた。おおよその方角がわかった。

川村も近くにいるかもしれない。そう考えると、闇雲に発砲できなかった。

「おーい、こっちだあ！」

降りてきた方向をふりかえり叫んだ。急いで移動する。

銃声が鳴った。懐中電灯が吹き飛んだ。

「こっちだぞー」

佐江はなおも叫び、木の陰を動いた。木立の向こうで多くの光が動き、闇を射貫く。

「気をつけろ！　撃たれるぞ」

佐江は怒鳴った。伏せろっという声が聞こえた。

「米田！　逃げられんぞ！」

強い風が吹きつけた。木々が揺れ、ざあざあと枝葉が鳴った。光の集団がどんどん近づいてくる。

もう銃声は鳴らなかった。

「いたぞーっ」

叫び声が左手の方角から聞こえた。

「佐江さーん」

川村の声がした。佐江は安堵に思わず目を閉じた。腰が砕け、その場に尻もちをついた。

60

川村の怪我は、顔面を木の幹で強打したものだけだった。

道路が封鎖され、機動隊が到着するとあたり一帯の捜索が始まった。が、米田と河本は見つからなかった。

指揮をとる高野がいった。

「県境に通じる道にはすべて検問を配置してある。絶対に逃がさない」

そこに、東京から戻ってきた森以下捜査一課の一団が合流した。

「河本が心配です。私を助けるために米田に組みついたんです。撃たれたかもしれません」

状況を説明し、川村はいった。

「河本が君を助けた？」

高野が訊き返した。

「はい。ここで車からひきずりだされそうになりました。米田はこの場で私を撃つ気でした。そこに河本が体当たりし、逃げろと叫んだんです」

「もし河本を撃つならその場で撃った筈だ。そうしなかったということは、米田も殺すのをためらったな」

聞いていた佐江がいった。

「河本の話では、米田とは大学生のときからのつきあいだそうです。最初は久本がアパートを訪ねてきて、父親に世話になっているからと、飯を奢ってくれたのがきっかけで」

川村はいった。

「二人は別々に逃げたのか。それともいっしょなのか」

高野が訊ねた。

「わかりません。でも別々なら、河本は自首してくると思います」

川村は答えた。

「それはどうかな。河本は、用宗一族に強い恨みをもっているのだろう。自首したら、それを晴らせなくなる」

佐江がいったので、川村は目をみひらいた。

「でも、河本はもうおしまいです。モチムネへ復讐なんてできません。殺し屋を雇ったのは自分だと、はっきり認めたのですから」

川村がいうと、
森が訊ねた。

「殺し屋はいっしょじゃなかったのか」

「はい。でも高文盛を狙っているのはまちがいないようです」

「それも河本の依頼か」

「だと思います」

「その高文盛は今、悟志といっしょに本郷に向かっている。大連光電の東京支社の人間が運転する車でだ」

と佐江がいった。

「佐江さん、それって――」

「おそらく奴だ」

「奴？」

高野が訊いた。川村は答えた。

「パーティ会場で重参を刺そうとした男です。そうだ、奴には仲間がいます。本郷駅で私を襲うのに失敗したあと、ワゴン車が迎えにきました」

「中国人か？」

「わかりません」

「大連光電の東京支社からでてくるのを見ましたから、おそらくそうでしょう」

佐江がいった。

「それなのにほうっておいたのですか」

森が血相をかえた。

「奴は小物です。高を挙げれば、くっついてきます」

佐江が答えると、森は理解できないというように唸り声をたてた。

佐江の携帯が鳴った。応え、相手の話を聞いた佐江が、

「いつだ？」

と訊ねた。

「で、どこに？」

返事を聞き、深々と息を吸いこんだ。

「高が指定したんだな。わかった。これから向かう。そうする。もちろんだ」

電話を切り、告げた。

「悟志から連絡があり、今夜、冬湖楼で面談したいと高が会長にいってきたそうだ」

「今の電話は誰からです？」

高野が訊ねた。

「阿部佳奈です。会長は、私の同席を求めています」

61

川村を覆面パトカーの助手席に乗せ、佐江は冬湖楼へ向かった。時刻は午後九時を過ぎたところなので、冬湖楼は営業時間中の筈だ。その営業時間も、用宗佐多子が望めば延長されるだろう。

川村は濡《ぬ》れタオルを額と鼻梁《びりょう》に押しあてている。

「痛むか」

「たいしたことはありません。それより河本と米田はどうやって逃げだしたのでしょう」

「二人がいっしょかどうかはわからないが、米田は携帯で仲間を呼んだかもしれん。お前に逃げられた時点で、乗っていた車は使えなくなる。別の足が必要だからな」

佐江は答え、つづけた。

「それより理解できないのは、なぜ米田までがH県入りしたのかだ。いくら河本と長いつきあいがあっても、極道が縄張りを離れるのにはよほどの理由がある」

「それだけモチムネの乗っ取りに肩入れしていたのじゃないでしょうか。実質的な経営権を、河本を通して手に入れられると踏んで」

川村の答えに佐江は無言だった。何かまだ、自分たちの知らないことがある。それが何なのかをつきとめたい。

佐江からの連絡を待って、捜査員が冬湖楼を包囲することになっていた。現段階で高文盛を拘束する材料はないが、「阿部佳奈」と川村に対する傷害未遂が大連光電東京支社の人間には適用できる。

「河本が心配です。米田に殺されなくても、死ぬかもしれません」

川村がつぶやいた。

「そうなったとしてもお前のせいじゃない」

「でも自分を助けようとした結果です」

「その前にお前を殺そうとしていた。駅まで迎えにきたのはそのためだろう。捜査がどこまで進んでいるのかを訊きだし、そのあと始末する気だった」

「それは米田で、河本じゃありません」

「じゃあ河本はお前を逃がしたか？　捜査情報を吐かせたあとは『ご苦労さん』と、お前を自由にしたと思うか」

佐江は強い口調でいった。川村は黙った。

「いいか、河本が殺されても自殺しても、それは自業自得だ。お前に責任はまったくない」

やがて川村が低い声でいった。

「仲田課長は、自らモチムネに売りこんできたのだそうです。河本がいっていました」

「ノンキャリアの元署長が新市長に当選したんで、自分にも目があると踏んだんだな」

佐江がいうと、川村は目をみひらいた。

「どうしてそれを――」

「年をくったノンキャリアが考えることはわかる。もしかしたら、と夢を見た。そこに米田がつけこんだのだろう」

佐江はいった。東京にある警視庁とちがい、H県の県警本部の課長が天下りできる先は多くない。それこそモチムネに拾われなかったら、地元の観光業者くらいだ。

冬湖楼に到着した。駐車場には多くの車が止まっている。佐江は「阿部佳奈」の携帯を呼びだした。

「どこにいる？」

「今は二階の個室で会長、社長といっしょです。高文盛はまだ到着していません」

「妙だな。時間を考えると、とうについていておかしくない」

「ええ。悟志さんの携帯にかけてみたのですが、返事がありません」

「わかった。これからそっちに向かう」

電話を切り、佐江は川村に向きなおった。

「高たちがまだきていない。俺はこれから二階の個室で重参や会長と合流する。お前はここにいて、高たちが到着するのを見張っていてくれ」

川村は佐江を見つめた。

「まだ何かあるんですね」

佐江は頷いた。

「そうだが、それが何かがわからない。だから用心のためにお前と別行動をとる」

「わかりました」

62

佐江が冬湖楼の内部に入るのを見届け、川村は車を降りた。駐車場全体を見渡せ、かつ目につかない場所にたたずむ。アタッシェケースから回収した拳銃と携帯電話を身につけていた。

不思議な気分だった。高揚しているのに心は冷えている。ほんの二時間前、殺される寸前までいき、今度は犯人を追う側にいる。もう何が起こっても驚かないような気がした。

十分が過ぎた。ワゴン車が一台、駐車場に入ってきた。川村はじっと見つめた。本郷駅で自分を襲ったナイフの男を乗せて逃げたのと同車種だ。

ワゴン車は駐車場に止まったが、中から人の降りる気配はない。

ワゴン車の到着から間をおかず、黒のアルファードが冬湖楼の玄関前についた。ハンドルを握っているのは、あのナイフの男だった。

川村は携帯をとりだした。佐江を呼びだす。

スライドドアが開き、まず高文盛が降りたった。用宗悟志がつづく。

「佐江だ」

「高たちが到着しました。運転手は例のナイフの男です。嘘だろ！」

思わずあげた声に、

「どうした？」

佐江が訊いた。

「米田がいっしょです」

最後にアルファードから降りてきたのは米田だった。なぜ米田が高文盛や用宗悟志といっしょにいるのだ。川村は目をみひらいた。

米田はスーツ姿で、高や悟志とともに冬湖楼の玄関をくぐった。アルファードは発進し、先に駐車していたワゴン車のかたわらで停止した。運転手は降りてこない。

「状況を知らせろ」

佐江がいった。

「米田は高たちと冬湖楼に入っていきました。運転手は車の中に残っています。ただもう一台ワゴン車が隣に止まっていて、乗っている人間の降りるようすがありません。仲間なのかもしれません」

「森さんに知らせろ。そっちの車に乗っているのが殺し屋の『中国人』だ」

佐江はいった。

63

個室の扉がノックされ、押し開かれた。

「お連れさまがおみえです」

仲居が告げて、悟志と高文盛を案内した。

佐江は用宗佐多子、源三、「阿部佳奈」とともに中央の円卓についていた。

「申しわけありません。お呼びしておいて遅刻するなんて、私は本当に失礼なことをしました。ごめんなさい。許して下さい」

高が淀みのない日本語でいった。

「いえ、こちらこそ本郷に戻っていただくご足労をおかけしてしまって、申しわけない。お仕事にさしつかえがないとよろしいのですが」

源三が立ちあがり、腰をかがめた。

「それは大丈夫です。私がいなくても大連光電は製品を作れますから」

高はいって微笑んだ。その目が佐江と「阿部佳奈」に向けられた。

「私の知らない方がいらっしゃいます」

「お久しぶりです。高文盛さん」

「阿部佳奈」がいった。高は首を傾げた。

「どちら様でしょう。私はあなたを知りません」

「それは不思議ですね。整形もしていないのにわたしの顔を忘れるなんて」

高はとりあわず、佐江に目を向けた。

「こちらは?」

「警視庁新宿警察署組織犯罪対策課の佐江だ」

佐江は告げた。

「刑事さんですか」

「このお二人には、わたしがお願いしてきていただきました。高さん、あなたはモチムネを買収なさりたいそうですね」

佐多子が告げた。高の表情はかわらなかった。

「そうさせていただければと思っていますが、私は急いでおりません。悟志さんがモチムネの社長になられてからでいい」

「悟志は社長にしません。かわいそうですが、悟志にモチムネの社長になる資格はないとわたしは判断しました」

「おばあさま！」

「お母さん！」

悟志と源三が叫んだ。高は落ちついている。

「では将来、モチムネの経営は誰がされるのです？」

「モチムネを上場させます。新しい経営者は株主に決めてもらう」

高の顔がこわばった。

「もしモチムネの経営をなさりたいなら、市場でモチムネの株を買い集めて下さい。きていただいたのは、それをお話しするためです」

高は首をふった。

「何という……愚かしい。いいのですか、あなた方のことを何も知らない人間が、モチムネの社長になっても」

「あなたがなるより、従業員のためにはそのほうがいい」

「私が何をしたというのです？」

高は眉をひそめた。「阿部佳奈」がいった。

「中国で、あなたがどんなことをしてきたのか、わたしは会長と社長にお話ししました。当局の追及を逃れようと、自分のために働いてきた人間や買収した役人を平然と切り捨てた。高文盛を信用してはいけない。そんな人間が社長になったら、モチムネは終わりです」

高は目をみひらいた。

「嘘です。会長、あなたはだまされている。私はこの人を知らない」

高がいったので佐江は口を開いた。

「そうならば、どうして彼女をモチムネ本社で開かれたパーティで殺そうとした？」

「何のことです？」

「あんたには昔からの仲間がいる。留学生時代からつきあっている、胡強という男だ」

高は無表情になった。

「思いあたるようだな」

高は源三を見た。

「これは何かの罠ですか。皆でよってたかって、私を悪者にしようとしている」

源三は首をふった。目が泳いでいる。

「では訊くが、あんたとここまできた砂神組の米田はどこにいる？　話がつくのを今か今かと、この冬湖楼のどこかで待っているのじゃないか」

高は大きく息を吐いた。

「しかたがありません。私はこれで失礼します。これ以上の話し合いは無駄なようだ」

くるりと踵《きびす》を返した。

「待て」

「何でしょう」

佐江はいった。

「あんたがここをでていくのと入れちがいに殺し屋がやってきて、株の譲渡承諾書を会長らに書かせ始末する。モチムネはあんたのものになる。ちがうか？」

「私は中国でも有名なビジネスマンだ。そんなことをすると思いますか」

佐江は拳銃を抜いた。高は目をみひらいた。

「何のつもりです？」

「米田をここに呼べ。あんたと米田が組んで、河本にすべてを押しつけたカラクリを聞かせてもらおうじゃないか」

個室の扉が開かれた。川村がいた。その背後に米田とナイフの男、そして二人の見知らぬ男がいる。米田は川村の後頭部に拳銃を押しつけていた。

「川村さん！」

「阿部佳奈」が叫んだ。川村はうつむいた。

「すみません」

「高さん、この男はしつこいので有名なデコスケなんだ。一度目をつけた奴にはとことん食らいついてくる。あんたも運がねえ」

米田がいった。そして川村を押しやった。

「話は聞こえていたぜ。カラクリはな、河本も大連光電も、全部俺が踊らせたってことだ。モチムネはきっちり俺がいただく」

「あなたは何なの?!」

佐多子が叫んだ。

「極道の米田って者だ。あんたの馬鹿孫の尻ぬぐいをやった野郎の兄貴分さ。モチムネに復讐したいっていう河本の相談にものってやった。ついでにモチムネを乗っ取りたがっている大連光電のお役にも立ちますよ、ともちかけた。河本は、きたない仕事ばかりを親父に押しつけたお前ら用宗一族が許せず、この高文盛は乗っ取りがうまく進まず困っていた。河本に殺し屋を紹介してやったのは俺だが、うまくやればモチムネをそっくりいただけることに気づいた。わかるだろう、佐江。極道も企業経営をする時代なんだよ」

米田は手をあげた。二人のうちのひとりが進みでて、手にしていた書類鞄をテーブルにおいた。

「ここにいるお三方にはモチムネ株を大連光電東京支社に譲渡する書類にサインしてもらう。それから高文盛には、大連光電東京支社の胡さんにそのモチムネの経営権を預けるという書類だ」

「胡《フー》！」

高が叫んだ。ナイフの男がいった。

「高さん、あなたはいつ私を裏切るか、わからない。裏切られる前に裏切る」

高はかっと目をみひらいた。

「自業自得ね」

「阿部佳奈」が低い声でいった。

「裏切る者は裏切られる」

「だまれ！」

米田は川村の頭に銃口を押しつけたまま進みでた。

「下手を打ったな、佐江。ここにいる全員が死ぬことになる」

「どっちが『中国人』だ？」

佐江は米田に訊ねた。

「まだ、そんな与太《よた》を信じているのか」

「与太？」

米田は二人に顎をしゃくった。二人が同時に拳銃を抜いた。二人ともコルトの軍用四十五口径を手にしていた。

「こいつらが『中国人』だ。四十五口径の道具を使う殺し屋は外にいる二人とあわせて四人でひとりだ。誰が仕事をしても『中国人』の仕業になる。皆が『中国人』に怯《おび》えるってわけだ」

「なるほどな。だがお前らも終わりだ。ここはH県警に包囲されている」

米田は佐江を見つめ、にやりと笑った。

「悪いが、そうはならねえよ」

佐江は川村を見た。川村は唇をかんでいる。

「連絡をしていないのか」

「こいつらの仲間が駐車場に先乗りしていて、森さんに連絡をしようとしたら――」

米田は笑いを爆発させた。

「だからいったんだよ、佐江。下手を打ったなってな」

手下に顎をしゃくった。

「さあ、サインしてもらおうか」

「全員が殺されたら、そんな書類に効力なんかない」

「阿部佳奈」がいった。

「殺されるんじゃない。無理心中だ。後を継がせてもらえないのにキレた孫が、親父と祖母《ばあ》さんを殺し、自殺する。経営権の譲渡を強要した高文盛を道連れにな。残った書類が本物なら、誰も文句はつけられない」

米田はいった。佐江は「阿部佳奈」を見た。

「阿部佳奈」は目をみひらき、何もいわない。

佐江はいった。

「俺たちの死体を横に転がしてか」

「お前らの始末は外でする。ホトケの捨て場所はいくらでもある」

いって、米田は川村をつきとばし、「阿部佳奈」を引き寄せた。銃口を頭にあてがう。

「姐《ねえ》さんよう、あんたの賢い頭には苦労させられたが、それもここまでだ」

扉の方向に「阿部佳奈」を押しやった。

「ここで女を殺されたくなかったら、お前らもくるんだ」

米田が佐江にいった。そのとき扉が外から開かれた。泥まみれであちこちが破れたスーツ姿の河本が立っていた。

「河本！」

川村が叫んだ。

「手前！」

米田が目をかっと開いた。河本は拳銃を手にしている。

「米田！」

叫ぶなり発砲した。米田は身をすくめた。弾丸は米田を外れ、背後の窓を割った。四十五口径をもつ手下二人がいっせいに河本を撃った。

河本の体から血しぶきがあがり、その場に崩れた。

「くそっ」

佐江は手にしていた拳銃を二人に向け、弾丸を浴びせた。視界の端で、川村がナイフの男に組みつくのが見えた。

「佐江ぇぇ」

米田が佐江を狙った。その腕を「阿部佳奈」がはねあげた。銃弾は天井のシャンデリアを粉砕した。

佐江は米田を撃った。が命中せず、米田は個室の外に駆けだした。

「川村！」

「大丈夫です」

手下が落とした四十五口径を拾いあげた川村が答えた。

「米田を追って下さい！」

「応援を呼べ！」

佐江はいい、米田のあとを追った。通路に逃れた米田はエレベータに向かいかけ、追ってくる佐江に気づくと階段に走った。走りながら佐江めがけて発砲する。佐江は床に這いつくばった。

米田は階段を登った。一階ではなく三階に向かったのだ。

佐江はニューナンブの弾倉を開いた。予備の弾丸を詰める。五発ではカタがつかないと思い、署から余分に弾丸をもってきていた。

階段の登り口にそろそろと近づく。

「佐江！　こいや！　カタぁつけようぜ」

叫び声とともに、銃弾が手すりを砕き、木の破片をとび散らせた。

「あきらめろ、米田。もう逃げられん」

「うるせえ！　俺がこの絵図に何年かけたと思ってる。あきらめられるわけないだろう」

「それでもお前の負けだ」

銃弾がさらに襲った。

「こいや！　勝負だ」

佐江は顔の前で銃をかまえ、大きく息を吸いこんだ。三階に米田の逃げ場はない。使われていない個室があるだけだ。

はっとした。エレベータがある。三階からエレベータで逃げられる。ここを固めているだけでは、米田を捕らえられない。

佐江は銃口を上に向け、ゆっくりと階段を登った。照明のついていない三階はまっ暗だ。ミシッと階段が軋《きし》み、佐江は思わず足を止めた。汗が背中を伝う。

暗闇のどこからか、米田は自分を狙っているにちがいない。

体を低くし、さらに佐江は階段をあがった。

「お前のやったことを組は知ってるのか。それとも砂神組もこの絵図にからんでいるのか」

米田に喋らせようと、佐江はいった。

米田は答えない。佐江は足を止め、耳をそばだてた。

「くっ」

佐江は歯がみした。米田は冷静になり、何としても佐江を仕止めるつもりだ。

「佐江さん――」

背後から小声がして、佐江はふりむいた。階段の下に「阿部佳奈」がいた。佐江は手で下がれと合図した。「阿部佳奈」は指で階上をさした。佐江は頷いた。

「阿部佳奈」は状況を呑みこんだようだ。戻っていく。

佐江は再び、三階の暗闇を見すえた。そこには、「冬湖楼事件」の現場となった「銀盤の間」がある。

そのとき暗闇の奥から携帯の着信音が聞こえた。佐江は目をみひらいた。階段を駆けあがる。着信音はすぐに止まったが、およその方角と距離の見当はついていた。

「米田ぁっ」

階段を登りきった正面にある扉の前に人影が立っていた。佐江は廊下に身を投げた。人影の手もとから火炎がほとばしった。

したたかに廊下に胸を打ちつけながら、佐江もニューナンブの引き金を絞った。二発、三発と発砲する。

背後に体をぶつけ、開いた扉の内側に人影は倒れこんだ。

佐江は倒れた人影に銃口を向け、しばらく動かなかった。やがてゆっくりと身を起こし、銃口をそらすことなく歩み寄った。

苦しげに息をする米田が仰向けで見上げていた。その手の拳銃を佐江はもぎとった。二発が命中していたが、体の中心部は外れている。

「勝負がついたな」

佐江はいった。米田はくやしげに顔をそむけた。

64

ようすを見にいくといって個室をでていった「阿部佳奈」が戻ってくるなり、高文盛にいった。

「米田の携帯を鳴らしなさい」

高はあっけにとられたように「阿部佳奈」を見た。とりあげた四十五口径をナイフの男に向けていた川村も見つめた。

「阿部佳奈」は、床に落ちている拳銃を拾いあげると高に向けた。

「早く！　さもないと撃つ」

「阿部さん――」

高は目をみひらき、上着から携帯をだした。

高が携帯を操作して間をおかず、階上から銃声が聞こえた。川村ははっとして天井を見上げた。不安がふくらんだ。佐江は無事だろうか。

その佐江が戸口に現れた。上着がほこりまみれなのを別にすれば、怪我をしているようすはない。

「佐江さん！」

川村と「阿部佳奈」は同時に声をあげた。

「米田は？」

「確保した。ワッパはめて転がしてある。二発くらわしたが、死にはしないだろう」

佐江は答え、「阿部佳奈」を見た。

「奴の携帯を鳴らしたのはあんたか？」

「阿部佳奈」は手にしていた軍用コルトを佐江にさしだした。

「高さんにお願いしました」

銃を受けとり、佐江は微笑んだ。

「いいタイミングだった」

何台ものパトカーが近づいてきた。サイレンは山道で反響しあい、まるで何十台というパトカーが冬湖楼を目ざしているようだ。

やがてそのすべてが止まって静かになると、森を先頭に一課の刑事たちが部屋になだれこんできた。

65

河本孝は即死だった。佐江が撃った二人の「中国人」は一人が死亡し、一人が命をとりとめた。命をとりとめた男は、死亡した「冬湖楼事件」の実行犯の片割れであると自供した。残る二人も駐車場に潜んでいたところをH県警によって確保され、米田や高の取調べを経て、「冬湖楼事件」の全容が明らかになった。

H県警捜査一課に設けられていた捜査本部の解散をうけ、佐江は帰京することになった。「阿部佳奈」はもうしばらくH県に留めおかれ、事情聴取をうけるが、川村の話では逮捕はされずにすみそうだという。彼女の存在がなければ事件の解決はなかったことを、高野も森も理解していた。

県警本部で帰京の挨拶をした佐江を、川村が玄関まで送った。

「世話になったな」

川村は今にも泣きだしそうだ。

「何て顔してやがる。一課のデカのツラじゃないぞ」

「すいません。でも――」

「お前の手柄だ」

「えっ」

「お前がいなかったら事件は解決しなかった。『阿部佳奈』と俺をひっぱりだしたのはお前だ」

佐江はいった。その「阿部佳奈」の本名が何であるか、今はわかっていた。が、佐江も川村も「阿部佳奈」以外の名で彼女を呼ぶ気にはなれなかった。

「そんなわけないじゃないですか。佐江さんがいらしてくれなかったら、事件は永遠に解決しませんでした。仲田課長のことも――」

川村は口ごもった。

「その件は忘れろ」

県警本部の車寄せにタクシーが止まり、「阿部佳奈」が降りたった。

「よかった、間に合った。佐江さんがこられると聞いて、とんできたんです」

「阿部佳奈」は息を弾ませていた。

「俺はひと足先に東京に帰る」

佐江は告げた。

「新宿に戻るんですね」

「阿部佳奈」がいったので、佐江は目を東京の方角に向けた。

「どうやらそうなりそうだ。いい経験をさせてもらったんで、もうしばらく刑事をやってもいいかって気になった」

「佐江さん――」

川村が威儀を正した。敬礼する。

「ありがとうございました！」

「よせよ」

佐江は手をふり、覆面パトカーに乗りこんだ。「阿部佳奈」は無言で見送っている。

携帯が鳴った。佐江は耳にあてた。

「はい」

「よかった、つながった。やっとゆっくり話せます」

外務省の野瀬由紀だった。

「帰ってきたのか？」

「はい。一時帰国ですが……。それでお問い合わせの女性の件なんですが――」

「もういい」

「えっ？」

「もう必要ない」

「でも――」

「事件は解決した。彼女の捜査協力のおかげだ」

「どういうことです？」

「いずれ話してやる。彼女をまじえてな」

佐江は電話を切り、エンジンをかけた。東京に帰ったら、山ほど書類仕事が待っている。

解説

川谷絵音

幼い日の記憶にある僕の生家は本で埋め尽くされていた。教師をしていた父と読書家の母が好んでいたのは純文学。本を読むことのできる年齢に我が子が達すると、特に母親は嬉々として自分たちの本棚から選んだ一冊を手渡しつづけ、僕は言われるままに大江健三郎や井上靖の作品に触れた。

その結果、どうなったかというと、僕は小説を全く読まない子どもになってしまった。おそらく親への反抗心もあっただろう。けれど一番の原因と言えば、純文学系の小説のなかで繰り返される情景描写や心情表現を、まどろっこしいと感じてしまったことだ。僕は小説を読むことに「飽きて」しまったのだ。

再び小説を手に取ることになったのは、本格的に音楽をやり始めた大学院生の頃だった。それまで僕がつくる曲には明確な言葉としての歌詞がなかったので、いざ歌詞を書こうとして、はたと立ち止まってしまった。「歌詞を書くのならまず本を読め」と先輩に助言をもらい、その足で書店へと向かった。最初に手にした本が、大沢在昌さんの「新宿鮫」シリーズの一冊だった。

面白かった。初めて知ることになったハードボイルドというジャンルは、僕が小説に対して抱いていた「飽きる」という感覚をすっかり取り去ってくれた。大沢さんの書く小説は何よりわかりやすい。ストーリーが複雑な状況に入りこんでも、純文学系の小説を読んでいたときにしたように、前のページに戻って確認する作業がいらない。すっと理解することができるし、物語世界に没入させてくれる。

大沢さんの描く登場人物は、〝おまえ、ここまでの状況、わかるよな？〟という具合に、状況を整理して語ってくれることが多いこともあるだろう。だが、何よりも「そろそろ何か起きてほしいな」と思ったとき、絶対、何かが起きてくれるのだ。

僕自身も音楽をつくるなかで聴く側が「飽きない」ことを一番大切にしている。聴かせどころを何となくにしない、曲が始まってすぐにキメ（曲にアクセントをつけるためのフレーズ）をつくる、Aメロからずっと覚えられるメロディにする――それはどこか「新宿鮫」シリーズに流れているものとも似通っている部分があると思う。

音楽をつくっているとき、「このくらい展開が起きないと聴いてられないよね」という自身の物差しみたいなものにもなった。当時より僕のつくる音楽のジャンルは広がってきたけれど、フックを作り、聴く人を飽きさせないスピード感のある音楽に傾倒していたあの頃は「新宿鮫」シリーズとともにあったとも言える。

そんな「新宿鮫」シリーズは、音楽のジャンルで言えばパンク。対して大沢作品のなかでその双璧を成す「狩人」シリーズは、ポストパンクだ。パンクの流れを引き継いではいるものの、まったく違う。知的なダンスミュージックのようなジャンルである。

アクションよりストーリーに重きが置かれ、様々な角度から描かれゆく重層的な物語は、ハードボイルドとミステリー、その中間の一番いいところに位置しているのではないだろうか。そして綿密に展開していくストーリーからは暴力的な場面のなかにすら、上品さを感じてしまう。上品なハードボイルドストーリーというのはこれまで僕が読んできた小説のなかでも稀有だ。

前作『雨の狩人』で警察の不祥事に関わり、死の淵に立った「狩人」シリーズの主人公。それが、新宿署の刑事・佐江だ。退職を決意していた彼が再び第一線に戻ってくる『冬の狩人』は、まさに第2シーズンの幕開けとも言える。

　地方都市・H県で3年前に発生した未解決殺人事件、その行方不明だった重要参考人が「佐江の保護さえあれば出頭する」とH県警にメールを寄せたところからストーリーは始まる。〝重参〟の名は阿部佳奈。所轄違いの面識すらない女性がなぜ自分を頼ってきたのか。そこで戸惑い、彼女に翻弄されながらも、事件に向き合えば豹変する本作での佐江のギャップにまず僕は「惚れた」。

「新宿鮫」シリーズの鮫島とは違い、佐江は女っ気のない、小太りの冴えない中年刑事だ。だが彼には妙な色気がある。阿部佳奈に対してはちょっとした褒め言葉を言われ、彼ならではの粗暴な照れを見せることもある。かと思えば、悪人の前に行くと、容赦なく締め上げる。

　H県を拠点にする愚連隊・サガラ興業のチンピラと対峙するときも、のらりくらり、ふざけていたかと思った途端、〝つっぱるなよ、チンピラが〟と、辺りの空気を一瞬で凍らせるようにトーンが変わる。ひとりの男が醸し出すその緩急に、危険な色気を感じてしまう。佐江のお腹が実はぽっこり出ていることを忘れ、シュッとしたダンディーな男としてその姿を思い描いてしまうほどに。

　これまで「狩人」シリーズを読んできたなかで、僕は幾度、佐江に惚れたかわからない。その「惚れどころ」を演出してくれるのがシリーズ一作ごとに替わる相棒だ。本作のパートナーは、佐江の行動確認を密かに命じられるH県警、捜査一課の新米刑事・川村芳樹。彼が佐江の魅力を引き出していく。

愚直なほどに真面目で、傍から見ると頼りなさそうに見えてしまうのに、それを上回って余りある芯の強さを川村は持つ。彼のような人間が周りに一人いると、心強いことは、現実の世界で僕も実感している。こうした人物は決して能力が高くなくても、重要な場面で必ず力を発揮してくれる。本作で彼はまさに、僕の持つその実感を体現してくれた。

無頼な佐江の本質を見抜いていくところも、川村の尊い資質だ。警察官としての佐江の正当さを真っ直ぐ信じ、考えを本人に伝える。そんな川村に対し、佐江は〝俺がまっとうだったら、警察がまっとうじゃねえって話になっちまう。そんな不毛な議論、お前みたいな若い奴とする気はないからな〟と強がる。僕が一番好きな場面だ。佐江は絶対に語ることはないだろうが、警察官としての「彼の正しさ」が見えてくるような気がする。

良きバディである2人だが、この物語の面白さのひとつに、川村の葛藤がある。所轄違いの佐江を見張る使命を、彼は上司から命じられている。共に行動することで信頼を重ねてきた佐江を騙す行為は真面目な川村には相当キツい。経験に裏打ちされた佐江の余裕と、川村の抱く罪悪感とがやわらかに拮抗していく。

本シリーズでは、初めて自身のテリトリーである新宿から離れ、佐江は地方都市にあるH県に赴いた。辞表を出したものの受理されず、飼い殺し状態にされている本作の彼には、どこかあきらめが漂っている。だがそのあきらめに、ある種のやさしさが宿っているのだ。決して自暴自棄になっているわけではない。

　何か問題が生じたときに、自分自身に責任が降りかかるように気を配るなど、警察を去ることに対する佐江の思いが、昇華されている。これまでのシリーズで見せてこなかった佐江のやさしさは、本作の醍醐味だろう。そしてそれを引き出しているのは川村の愚直さ、誠実さなのだ。

　ストーリーの中心に立つ２人をはじめ、大沢さんの書くキャラクターは魅力的な人物ばかりだ。佐江を疑い、敵視し、川村の不安を増大させていく、川村の先輩。H県警の石井もその一人。読者は「嫌な奴だな」と思いながら読み進めていくうちに、彼の持つ実直さを垣間見て、どこか川村にも似たその性格ゆえに、石井は佐江を信じられなかったのだろうなと気付かされる。さらに重参・阿部佳奈も、ミステリアスで勝気な女性であるのに、ふとした瞬間、思いがけない人情深さを見せてくる。

　僕の場合は、一度目には「なんだ、こいつ？」と思いながら読んでいたある人物が、再読して、「一番、人間っぽいな」と感じられた。たとえて言うと、永遠の命を手に入れようとするような心の弱さを持つその人物は、共感こそしないけれど、「そうだよな、この人にも自分の正義があったんだよな」という気付きをくれた。

登場人物たちは皆、各々の「正義」を持っている。本作はそれぞれの正義が拮抗する瞬間を描いたストーリーでもある。けれど物語が進むにつれ、それらはだんだん混ざり合っていく。そのグラデーションが心地よいあまり、幾度も読み返してしまう。

ハードボイルド小説は犯人や真相がわかってしまったら、僕はもう二度と読まないことが多い。でも、『冬の狩人』はこれまで幾度も読み直している。犯人が誰か、ということよりももっと重要な、新たな発見が読むたびに現れてくるからだ。以前、読んだときに知った事件の真相をつい忘れてしまうような驚きが、登場人物たちの心の襞《ひだ》から滲み出て来るのだ。だから何度読んでも、邪念なく読むことができる。

そうして繰り返し読んでもこの小説は「飽きない」。ハードボイルドストーリーとしてもミステリーとしても、そしてヒューマンコメディとしても本作を楽しむことができる。本を開く度に、読み方を、視点を、変えて読み直すことで、読者のなかでまた新たなストーリーに生まれ変わるのだ。

いくら読んでも飽きが来ない大沢作品の中でも、本作はその代表と言えよう。

――ミュージシャン

（構成：河村道子）

この作品は二〇二〇年十一月小社より単行本として、二〇二二年八月幻冬舎ノベルスとして刊行されたものを文庫化にあたり二分冊したものです。

尚、この物語はフィクションであり、実在する人物・団体等とは一切関わりありません。

〈初出　茨城新聞、岩手日日新聞、大阪日日新聞、沖縄タイムス、紀伊民報、静岡新聞、デーリー東北、東京スポーツ、十勝毎日新聞、日本海新聞、函館新聞、ハワイ報知、福井新聞、北羽新報、宮崎日日新聞、山形新聞、山口新聞にて連載〉

冬《ふゆ》の狩人《かりうど》（下）

大沢在昌《おおさわありまさ》

令和5年12月10日　初版発行

発行人――石原正康
編集人――高部真人
発行所――株式会社幻冬舎
〒151-0051東京都渋谷区千駄ヶ谷4-9-7
電話　03(5411)6222(営業)
　　　03(5411)6211(編集)
公式HP　https://www.gentosha.co.jp/
印刷・製本―中央精版印刷株式会社
装丁者――高橋雅之

幻冬舎文庫

ISBN978-4-344-43337-3　C0193　　お-4-10